Arctique solaire

ROMANS DE LA MÊME AUTRICE

La Fabrique du monde, Buchet-Chastel, 2013 ; Folio, 2014

L'Incertitude de l'aube, Buchet-Chastel, 2014

De terre et de mer, Buchet-Chastel, 2016 ; Folio, 2019

Après Constantinople, Gallimard, coll. « Sygne », 2019

Sophie Van der Linden a par ailleurs signé ou dirigé chez divers éditeurs des ouvrages dans le domaine de la critique en littérature pour la jeunesse, notamment *Claude Ponti* (Être, 2000), *Lire l'album* (L'Atelier du poisson soluble, 2006), *Album[s]* (Actes Sud Jeunesse, coll. « Encore une fois », 2013), *Tout sur la littérature jeunesse* (Gallimard Jeunesse, 2021).

SOPHIE VAN DER LINDEN

Arctique solaire

ROMAN

DENOËL

À toi, au coup de ton doigt
sur le tambour

Il ne fait jamais aussi froid qu'on pourrait le craindre lorsqu'on sort en pleine nuit. Même dans la nuit arctique.

J'avais mis le réveil à sonner. L'obscurité persistant derrière les fenêtres, je le relançais d'heure en heure. Enfin, une vague lueur est apparue, timide traînée verdâtre dans l'immensité du ciel nocturne. La cabane restait plongée dans le silence, j'étais encore allongée, désorientée par ce sommeil haché. Puis, une forme verte s'est de nouveau mise à onduler. C'était le signal attendu, je me suis levée.

Il m'a d'abord fallu rassembler mes affaires dispersées, les laines, les fourrures, les endosser les unes par-dessus les autres. Enfiler les chaussons de feutre sous les bottes, chercher un moment le manteau en peau de phoque dans le désordre inouï de la cabane envahie par les toiles, les tubes de peinture, les chiffons maculés. Après avoir rapidement essuyé une palette pour créer une nouvelle gamme boréale, avec des verts, des bleus, des jaunes, et même du pourpre, j'ai fixé un nouveau carton à mon cadre articulé, et enfin la ceinture d'accroche.

Une fois sortie, un peu engoncée dans toutes ces couches de vêtements, palette en main, j'ai progressé sur un terrain incertain. La neige crissait d'une manière toute particulière. J'aurais voulu connaître le mot en sami pour désigner cet état. Derrière moi, une lune modeste éclairait faiblement le terrain. Heureusement, il n'avait pas neigé depuis mon dernier passage et j'ai pu remettre chacun de mes pas dans ceux de la veille. L'engourdissement du sommeil si récent me faisait frissonner.

Les crépitements s'annonçaient mais je n'osais pas encore regarder, voulant me réserver la surprise du spectacle total.

J'y fus enfin, sur mon promontoire, pinceau levé, en attente. La masse des montagnes, presque indistincte dans les ténèbres, me faisant face.

Et les lumières sont arrivées, crescendo, annoncées par les verts habituels, à peine teintés de jaune. Une danse des voiles à la Loïe Fuller, douce et envoûtante. Peu à peu, elles se sont déchaînées. Le bleu clair s'est mêlé au vert, des traînées jaunes se sont fait une place, des verticales étincelantes ont déchiré la nuit. Des apparitions blanches, vives, formant halos, ont enfin occupé le ciel magnétique, illuminant furtivement les montagnes. J'ai peint tête en l'air, le regard fixé sur ces déploiements, et vécu une apothéose quand les roses et les mauves ont fait leur entrée en scène. Mes gestes à l'unisson de ce déluge chromatique. Zébras, taches, morsures, les couleurs pures et la lumière en lutte.

La station de Tangen vient de s'effacer, les pins réapparaissent à la fenêtre du compartiment, sombres, massifs, et je cherche machinalement du regard les épilobes qui accompagnent nos voyages d'été d'un salut monochrome, rose violacé. La nuit domine à présent, et les bas-côtés ne sont plus qu'un brun triste. La vie s'est retirée de la végétation affaissée, un épais manteau neigeux ne va plus tarder à la couvrir tout à fait.

À l'approche de l'automne, une feuille morte qui racle sèchement les pavés, un frisson vespéral, quelque chose dans l'air, tout simplement, m'alerte déjà : « Bientôt, ce sera le temps des Lofoten. »

L'hiver véritablement installé, en son cœur le plus sombre, lorsque la nuit s'attarde, alors, c'est le moment du départ, en réponse à un appel tenace. Celui du vent assourdissant, des amas d'étoiles, de l'immensité blanche se teintant de nuances changeantes... Celui du sens profond que j'ai trouvé dans la peinture de ce territoire indocile.

Le voyage commence dès que je m'installe, seule, dans mon compartiment. J'y retrouve cette atmosphère qui chaque fois me saisit, en particulier si le train a stationné en plein soleil. Est-ce l'odeur du velours poussiéreux des banquettes, des rideaux poisseux ? ou bien celle de l'épais joint en caoutchouc, fendillé, qui cercle la vitre épaisse sur laquelle, au-dehors, se sont fossilisées des traces obliques de pluie noircies ? Rien ne change moins qu'un train.

Le compartiment d'aujourd'hui est d'ailleurs peut-être le même que celui qui te conduisit un jour de Trondheim à Oslo, avant de rentrer chez nous en Suède, à la fin de l'été 1901. Tu venais, à ma demande, de me laisser seule aux Lofoten. Geste insensé d'un mari en réponse à l'exigence insensée de son épouse : rester sur ce territoire de l'Arctique tout juste découvert, pour peindre. Quand bien même elle n'avait jamais appris à peindre. De là, à ma demande, tu m'expédias du matériel de peinture. Sans excès de mots, tu avais saisi le basculement qu'avait été pour moi cette rencontre.

Car ce territoire m'attendait. J'en eus la conviction avant même d'y poser le pied, dès le bateau approchant, lorsque j'aperçus pour la première fois ce long monstre minéral, hérissé de pics, comme couché dans la mer. C'était un paysage impossible à anticiper, même si j'avais scruté sans le comprendre, sur la carte, ce grignotage des monts par les eaux. Sur place, il devint une évidence.

En voyage, il arrive parfois qu'une ville, une campagne, nous soient agréables au point de nous paraître familières. Là, c'était autre chose. Une intimité ? Au fur et à mesure que je pénétrais ces ports, ces fjords, ces falaises se précipitant dans la mer, la sensation se confirmait, se faisait plus intense encore. Peu à peu, ces paysages agissaient en moi. Il me fallait les peindre. Urgemment.

C'est dans l'ignorance presque totale des techniques les plus évidentes que je me suis pliée à cette obsession. Laquelle ne m'a jamais quittée, ne s'est jamais affaiblie au fil de mes séjours depuis presque trente ans.

Pourtant, le premier hiver en solitaire fut d'une hostilité brutale. Il y avait loin du fantasme romantique d'un paysage tourmenté à sa stricte réalité. J'étais arrivée à Svolvær en même temps qu'une tempête. La traversée, déjà, avait été une épreuve, que l'arrivée au port ne soulagea pas. Le vent mêlé de neige obligeait à se courber, à détourner le visage, à quasi fermer les yeux, pour atteindre l'hôtel. Une fois à l'intérieur, portes et fenêtres déployaient une incontrôlable circulation de courants d'air qu'on ressentait jusque dans son lit spartiate, même emmailloté dans deux couvertures en poils de chameau. Les lampes à pétrole fumantes ne retranchaient rien à une obscurité constante, ténébreuse. Les moquettes, les murs mêmes du bâtiment, se trouvaient viscéralement imprégnés de cette odeur tenace, celle du sang noir et de l'huile de morue, émanant du port.

J'étais l'une des rares occupantes de l'établissement, hormis quelques habitués, capitaines de gros navires en instance de départ, armateurs en tournée d'inspection. Je détonnais dans cette maigre assemblée. Tout ce que je voulais oublier — que j'étais une femme, issue d'un milieu aisé, arrivée de la ville — faisait écran. Je sortis peu de ma chambre. Si je devais le faire, je m'habillais des vêtements que j'avais apportés pour peindre. Plutôt inconvenants en société, même insolite comme celle-ci, au moins rompaient-ils avec l'image de la bonne bourgeoise qui aurait donné l'occasion au personnel, aux autres voyageurs, de me toiser avec condescendance. Surtout, je ne me plaignais pas. Jamais. Un air dur et assuré marquait invariablement mon visage, même quand j'étais seule dans ma chambre à grelotter et à douter de mon choix de revenir en plein hiver aux Lofoten.

Mais la lumière, et les couleurs, étaient un jour réapparues. Dès lors, rien ne devait avoir plus d'importance. Lumière et couleurs.

Le train s'est arrêté en pleine voie. Un silence opaque emplit soudain le compartiment, le train, la terre tout entière dirait-on, assourdissant de contraste avec ce qui lui a précédé ces dernières heures, le fracas du roulement, le rythme saccadé des roues sur les raccords des rails et l'écho assourdi du ballast. Je surprends mon souffle court, comme après un effort physique. Quelque part dans le wagon, un enfant se met à pleurnicher, ranimant l'idée même d'une humanité. L'employé marche dans le couloir d'un pas vif qui rebondit sur le plancher en se dirigeant vers l'avant du train. Au-dehors, la nuit est loin d'être noire. Une lueur encore perceptible enrobe les silhouettes agitées des feuillages. Hauts arbres sombres sur ciel diurne.

Ce sera l'un de mes derniers voyages aux Lofoten. Nous n'en avons pas parlé en ces termes, mais nous le savons tous les deux. Même si je me refuse à écouter les signes de faiblesse du corps, la froide mathématique me rapproche du grand âge.

Commencer sa carrière d'artiste à près de quarante ans oblige à la ténacité. Mes succès à Venise, à Paris, n'éclipsent pas le mépris de la critique d'art de Stockholm. Rien n'a finalement changé depuis mon enfance et le refus catégorique de mon père de me laisser choisir ma voie, de m'autoriser une formation artistique. Comme lui, tous pensent encore qu'une femme n'a pas sa place dans les salons de peinture. Ou alors, éventuellement, avec de mignonnes et inoffensives compositions florales. Pas avec des paysages abrupts qui supposent qu'on se soit confrontée, harnachée de peaux d'animaux, à leur nature hostile.

Je ne le formulerais jamais devant eux, car ce sont de précieux amis, mais il est évident que mes sujets sont plus audacieux que les tableaux de vie familiale de Carl Larsson ou que les scènes folkloriques d'Anders Zorn. J'en suis d'autant plus disqualifiée. Alors, on me rabaisse, on me renvoie à mon manque de formation académique, à mon statut d'épouse et de collaboratrice du grand architecte Boberg, celle qui excelle dans la verrerie et la tapisserie, disciplines auxquelles il serait bienvenu qu'elle se cantonne.

Peut-être n'ai-je pas été assez loin ? Ne les ai-je pas encore assez impressionnés ? C'est cela que je suis venue chercher cette fois. Une intensité. Voilà pourquoi je suis partie si tôt, juste avant la nuit polaire. Et avec le projet de rester aussi longtemps que nécessaire.

L'image des peupliers dans le vent de Monet, longuement admirés à la National Gallery, se superpose à cette vue des arbres sombres, se balançant mollement au-dehors du train. La mort du vieil artiste, survenue peu après notre déménagement à Paris, m'a durablement attristée. Ses toiles m'avaient appris autant à regarder qu'à peindre. Souvent, comme ce soir, il arrive qu'un paysage se révèle à moi dans sa dimension purement plastique. Ce peut être des reflets sur une pièce d'eau, un champ de fleurs, la vapeur du train arrivé en gare, la neige dans la lumière bleue du matin, ou celle, rose, du soir, brouillard diffus en pleine ville. Je les vois soudain exactement comme ils seraient, ou pourraient être, sur l'une des toiles du maître. Ce faisant, je n'observe plus ces paysages réels comme j'aurais pu le faire sans avoir connu au préalable sa peinture. Les aurais-je d'ailleurs même contemplés ? Je les vois désormais avec l'œil de qui a déjà vu ces toiles-là. La peinture change mon regard et mon regard change le réel qui m'entoure. Sans la fréquentation des œuvres, la vision de ce qui s'offre à moi serait différente. Plus pauvre, peut-être.

Ses peupliers, s'ils sont humbles comparés aux *Nymphéas*, ont un clair-obscur intrigant, comme impossible. J'en ai vu d'autres, à Paris, tous avec la même composition en S. La plupart étaient nettement plus chatoyants que ceux de Londres, où ne figurent finalement que le blanc, le vert et une teinte indéterminée — gris, brun, rouge éteint ? — utilisée pour les feuillages sombres, dominés par des nuages lumineux sur le bleu franc du ciel. Que de temps passé, debout devant les tableaux, le nez sur ces nuages, à tenter de comprendre le geste nerveux, circulaire, la matière blanche mêlée de traces de jaune, de violet, les touches quasi accidentelles de pourpre. Cette observation me sert encore, même appliquée aux pentes neigeuses des Lofoten. Il faut dire que, jamais, je n'ai vu de peintures de l'Arctique dans les musées. Bien sûr, Bruno Liljefors peint admirablement la neige dans ses scènes de genre. Mais ici, au-delà du cercle polaire, c'est autre chose.

Le fracas monumental d'un autre train passant à toute vitesse en sens inverse me fait sursauter. C'était donc cela, cet arrêt, une forme de politesse envers un train que nous devions croiser, qui file vers le sud, vers la clarté encore maintenue. Vers toi.

J'avais dix-sept ans lorsque je fis mon premier voyage en train en solitaire, pour m'échapper du pensionnat de jeunes filles où l'on m'avait placée, dans les environs de Neuchâtel. Une fugue.

Nous revenions d'un été flamboyant en Andalousie. Ma mère avait décidé que je devais faire mon éducation en Suisse, tandis que le reste de la famille retournerait à Stockholm.

Or je ne le pouvais pas. Je le lui écrivis dans des lettres. Elle me répondit avec douceur mais fermeté. Elle prévint toutefois ses grands amis parisiens, Louise et Charles Garnier, qui passaient l'été dans leur villa de la Riviera ligure. Avec l'espoir de soulager mon chagrin, le grand architecte et sa femme vinrent me rendre visite pour une semaine, dans leur remontée de Bordighera à Paris. Nous fîmes un voyage en calèche en longeant les Alpes, nous arrêtant dans des auberges confortables et hospitalières. Leur compagnie me distrayait, nos promenades dans les pâturages encore verts, les eaux sages des lacs m'apaisaient. Mais il me parut alors encore plus douloureux de retourner au pensionnat. À mes plaintes au moment de leur départ, ils répondirent par la promesse de me recevoir à Paris, pour les vacances de fin d'année.

Las. Loin de m'apaiser, cette perspective rendit ma fuite inéluctable. Jour après jour, durant les heures passées seule dans ma chambre étroite, mon projet prit forme. Puisqu'ils offraient de m'accueillir plus tard, ils pouvaient tout aussi bien le faire dès à présent. Je rassemblai l'argent que m'avait laissé ma mère pour mes petits achats. Avec la complicité d'un vieux livreur, j'achetai un billet de train de troisième classe pour Paris.

Quelques semaines plus tôt, en Andalousie, nous avions dû quitter en pleine nuit la villa où nous résidions, dans les montagnes au nord-ouest de Malaga, des truands ayant sournoisement pris possession des lieux. L'avant-veille, on nous avait raconté un meurtre atroce commis par La Main noire. Nous avions tous eu le sommeil troublé par des cauchemars emplis de cadavres marqués d'une main dégoulinante d'encre. Il n'était pas question de rester un jour de plus. Ma mère en tête, mon frère, ma sœur et moi avions dû quitter la bâtisse au clair de lune, enjambant le balcon arrière de notre résidence, accrochant nos habits aux épines des tiges de bougainvilliers.

Pour ma propre évasion, je n'avais donc qu'à suivre le rocambolesque exemple familial. Ayant bouclé ma valise, j'attendis, assise sur mon lit, l'heure propice. Je sortis alors par la fenêtre, jouant les équilibristes sur le rebord escarpé du mur avant de sauter dans un parterre de fleurs. La gare étant proche, j'attrapai le train, portée par l'orgueil d'un exploit facilement accompli.

Une fois dans le compartiment, des paysannes me tendirent un morceau de lard et du pain que je dévorai. Leurs regards attendris m'enjoignirent à tout leur raconter de mon échappée. Elles s'alarmèrent d'une telle impulsion. « Et si vos amis ne se trouvent pas à Paris, que ferez-vous seule dans cette si grande ville ? » Je n'y avais pas pensé. Le reste du trajet de nuit, dans ce wagon sombre et cahotant, fut le pire des tourments. Alors que les bonnes figures des paysannes reposaient avec quiétude sur leur épaule ou sur leur gorge, fugacement éclairées lors de la traversée d'une gare, j'avais les yeux exorbités d'angoisse. Qu'allait-il se passer une fois que je serais arrivée à Paris ?

Le train finit par atteindre la gare de Lyon vers trois heures du matin. La peur me retint un moment dans le compartiment. Par la fenêtre, je voyais les voyageurs remonter le quai vers la sortie. Ils semblaient tous sûrs de leur destination, de leur repos. Bientôt, ils se disperseraient dans l'immense capitale et moi je resterais seule dans ce train vide. Un sentiment d'abandon me figea. Un préposé qui inspectait les voitures me fit descendre.

Mais tout se passa bien. Je trouvai un fiacre, qui me déposa au bas de l'immeuble des Garnier, boulevard

Saint-Germain, où un gardien m'ouvrit. Charles et Louise, tirés de leur lit, en robes de chambre, accompagnés de leur jeune Nino aux yeux gonflés de sommeil, poussèrent de grands cris, s'alarmèrent, puis me prirent dans leurs bras et me réconfortèrent. Dès le lendemain, dans un courrier à ma famille, ils proposaient de me garder chez eux quelque temps. J'avais trouvé une nouvelle pension, amicale et stimulante cette fois. Et mon éducation au cœur de la vie artistique parisienne fut, de l'avis de tous, bien plus fructueuse que celle qu'aurait dispensé un fade pensionnat helvète.

Six mois plus tard, je reprenais le train pour Stockholm. Et toi, Ferdinand, que je ne connaissais pas encore, mais dont les lettres de mes frères et sœurs n'avaient de cesse d'évoquer l'amitié nouvelle, tu étais là, pour m'accueillir avec eux tous. Quelle impression t'aurais-je fait si j'étais arrivée de Suisse, docile, calme et résolue, comme cette institution ambitionnait de me façonner ? Mon séjour chez les Garnier, leur affection, leur acceptation de ma personnalité alors que j'étais perçue dans ma famille comme la petite sœur capricieuse et récalcitrante, m'avaient rendue joyeuse, confiante, nourrie de rencontres extravagantes et de découvertes esthétiques. Curieuse. En particulier de ce jeune homme à l'allure asiatique, au regard pétillant malgré son léger retrait, laissant la famille à ses retrouvailles.

Curieuse de toi, je le suis toujours. Même si, pour l'heure, ton air abattu lors de nos adieux me torture un peu. Une partie de moi voudrait te consoler, alors que je tente de mobiliser toute mon attention vers cette campagne de peinture si attendue, si désirée, et qui passe, en effet, par notre séparation provisoire. Et par ma solitude. Car, à tes côtés, si je m'amuse, m'émerveille, me délecte pleinement de nos découvertes lorsque nous voyageons, si je m'investis dans nos activités communes lorsque nous travaillons ensemble, je ne suis jamais véritablement disponible à moi-même, au champ de ma pensée, de la mécanique sensible que je sens se mettre en branle dès à présent. Pour alimenter mon désir, immense, de créer, j'ai besoin d'être à moi-même.

C'est une chose étrange de ranimer les souvenirs d'une jeunesse parisienne dans la pénombre d'un compartiment désert, filant en direction du Grand Nord. Là-bas m'attendent des ciels qui, jamais, n'ont la lourdeur d'un couvercle parisien de décembre.

Le préposé est venu installer ma couchette, mais je préfère rester assise près de la fenêtre plutôt que dormir. J'aime pourtant sentir le roulis du train quand je suis allongée. Entre bercement et secousses. D'avant en arrière — freinages —, puis de la tête aux pieds, des pieds à la tête — inclinaisons du terrain. La nuit s'écoule dans ces mouvements. Le corps étendu, détendu, leur est totalement soumis. Il faut rester souple, épouser le tangage, comme dans un bateau. Ne surtout offrir aucune résistance, au risque sinon de glisser, de ressentir un inconfort. Le *tactac tadoum* produit son effet. On ne dort jamais vraiment dans un train, on est bercé.

Je laisse toujours le rideau ouvert. Pour tenter d'apercevoir la lune, ou les lumières des becs de gaz d'une ville que l'on traverse. Lors des arrêts, des ouvriers donnent sur chaque roue un coup bref avec une barre en métal, pour contrôler les bandages. Ils portent le beau nom de visiteurs de gare. C'est un bruit unique. Le bruit de ceux qui se préoccupent de la bonne marche de la machine, et donc de nous, voyageurs, et finalement du cours du monde dans lequel on fend notre route.

Habituellement, dans les trains de nuit, j'attends quelques minutes, au réveil, avant de regarder par la fenêtre. Le temps de deviner, ou plutôt d'imaginer quel paysage apparaîtra. Incertitude de l'aube. Qui a vu, de la vitre d'un train en marche, un soleil rose se lever sur le désert ne peut plus renoncer aux voyages ferroviaires. Mais cette fois, je ne veux rien perdre de mon trajet, que j'ai trop attendu.

Ces dernières années, intenses et instables, passées en déménagements et en voyages dans le sud de l'Europe, à la suite de la vente forcée de Vintra, notre villa de Stockholm, ont perturbé mon équilibre profond en m'empêchant de revenir aux Lofoten plusieurs hivers de suite.

Mon amie Helena me demandait encore avant-hier, lorsque je lui ai dit au revoir, pourquoi je m'obstinais à partir seule dans ce qu'elle appelle un enfer givré. Je n'eus d'autre réponse à lui fournir que mon air déterminé. Pour eux tous, je suis la sympathique et si sociable Anna, l'amie du prince héritier, l'exquise hôtesse, l'épouse dévouée, l'aimable créatrice d'œuvres d'art décoratif. Mes voyages leur révèlent une nature sauvage qu'ils voudraient ignorer. Sans l'appui de nos amis artistes, le prince Eugen au premier rang d'entre eux, on m'aurait sans doute écartée de la bonne société suédoise depuis longtemps.

Qui pourrait entendre que ma vie, heureuse et confortable, ne me convient que dans l'attente de mon travail véritable, en solitaire, dans la rigueur de l'hiver polaire ? Et toi, l'entends-tu, finalement, avec ton regard triste et ta posture d'abandonné sur le quai de la gare ?

Entre deux campagnes d'hiver aux Lofoten, j'accumule les envies, les idées, les impulsions, je me prépare aux fulgurances à venir. Je pars la tête emplie d'images indécises, de sommets enneigés aux reflets complexes, d'aurores boréales qu'il me reste à observer lors de leurs plus forts déploiements. Je ne sais pas si je suis capable de ces ambitions. Et ce doute même est ma force première.

Après l'avoir tant déploré, après avoir, de son vivant, maudit mon père de m'empêcher de suivre des cours de peinture, je me suis rendu compte que c'était une chance de n'avoir pas appris. J'aurais, sinon, une idée terriblement précise des tableaux que j'envisage, du cheminement technique pour les achever. Les paysages des Lofoten ne m'auraient certainement pas résisté comme ils continuent de le faire tant d'années après mon premier voyage en solitaire. Or, c'est dans cette résistance même que s'accomplit mon travail de création, toujours en recherche, toujours incertain.

Il n'empêche, cette fois se joue ma capacité à faire admettre mon travail dans ma propre patrie. Je veux exposer encore à Stockholm. Et je veux contraindre la critique suédoise à comprendre ce que la critique parisienne a déjà reconnu.

La lune est pleine et permet aux paysages de se maintenir à vue. Le dos soutenu par des coussins, je devine faiblement les bois, les champs, les rivières scintillantes sous la lumière blanche, et parfois, un lac, immense, bordé de hautes silhouettes de sapins qui défilent... Les nuages forment un halo, la nuit se teinte alors d'un bleu de Prusse.

C'est à Grenade, lors de ce voyage familial en Andalousie, que j'ai ressenti pour la première fois l'urgence de peindre. À peine arrivés en ville, nous avions gravi la colline de l'Alhambra à pied, grimpant parmi les hauts pins. Leurs pommes sèches craquaient sous nos pas, et les eucalyptus laissaient descendre vers nous leur odeur troublante. Il est étrange comme un lieu peut, muettement, vous accueillir.

Ma mère avait réservé des chambres dans un hôtel situé à l'intérieur même de l'enceinte de l'Alhambra. Une fois installée dans la chambre que je partageais avec ma sœur, du balcon qui tournait le dos aux palais, j'observai le tortueux lacis des ruelles, les maisons en paliers, l'enchevêtrement des cours fleuries du mystérieux quartier de l'Albaicín sur la colline qui nous faisait face, au-delà de la rivière Darro. La nuit venue, ce fut plus captivant encore, de faibles lueurs allumant des bouts de réalité. Derrière le cadre éclairé d'une fenêtre, au détour d'un carrefour, on pouvait apercevoir de lointaines silhouettes fantomatiques.

À l'aube, nous pénétrâmes dans les palais. Les gardiens étaient peu nombreux, bienveillants pour nous qui arrivions avant les touristes. Des hôtes privilégiés, en somme. À ce moment, la splendeur des lieux était encore hors de portée de mon imagination. Pourtant, à Séville, une princesse maure nous avait entraînés à sa suite dans les palais de l'Alcazar. Et déjà, cette succession de salles, de galeries, de cours désertes seulement habitées de fleurs exubérantes et du timide écoulement de fontaines isolées, ce site hors de la ville et hors du temps fut un ébranlement. Là, un nouvel univers imaginaire s'ouvrait à nous au gré de notre avancée. Mexuar, palais de Comares, bains, premiers temps de l'admiration. Palais des Lions, apothéose. Salle après salle, le soleil montait peu à peu, accompagnant nos découvertes.

Progressant groupés, nous nous dispersions à chaque nouvel espace vers les recoins, les niches, les motifs, que nous nous hâtions d'observer de près, nous interpellant les uns les autres pour nous révéler quelque détail. Le stuc travaillé aux plafonds dans des volumes et des logiques que la raison peine à se représenter — surtout la tête relevée comme nous l'avions —, les motifs répétés des azulejos jouant du fond et de la forme, les entrelacs nasrides creusés sur les murs, les blasons fichés dans les pavages, rien ne nous échappait. Dans les salles étroites des bains, je fus saisie par cette abondance de couleurs et de motifs dans les céramiques, leur harmonie par-delà les contrastes. Noir, jaune, bleu, rouge, toutes couleurs rudimentaires qui avaient l'éclat de teintes rares.

Un moment, nous fûmes rattrapés par les groupes de touristes, qui envahirent les salles. Quelques heures plus tard, ils repartirent et nous continuâmes notre visite, comme si rien ne l'avait troublée. Maman avait emporté son recueil de Washington Irving, et, alors qu'elle nous lisait ses contes fascinants, nous continuions d'explorer à la lanterne les invraisemblables salles noyées d'une ombre porteuse de motifs infinis.

Dans la nuit avancée, dans la fatigue et l'étourdissement de la journée — nous avions fait une longue pause déjeuner sous les orangers des jardins —, le palais des Lions, orné de discrètes lanternes, me saisit jusqu'au vertige. Les arts de l'eau produisaient quelque chose qui n'était ni de la musique ni du bruit, mais un son d'une harmonie atypique, emplissant la cour, sorti des sculptures, groupées, dos au bassin. Presque menaçants par leur disposition, inoffensifs par leurs traits simplifiés, les lions s'imposaient au centre d'une composition régie par le nombre d'or. Les colonnes abritaient des alcôves au marbre déchiqueté, qu'on eût dit rongé par quelque ver doté d'un sens divin de la géométrie.

Le lendemain, à l'aube, alors que tous dormaient, exténués par cette journée insensée, je me levai et emportai la boîte d'aquarelles de mon frère, et du papier.

Les gardiens me laissèrent entrer avec un air amusé et attendri. J'eus bientôt passé tant de temps dans les palais que j'étais devenue l'une des leurs.

Tout le jour, je barbouillai les feuilles de papier, recherchant la perspective de la montagne par les balcons ouvragés. Je m'adossais aux murs des niches, posais sans façon mon bloc à mes genoux sur les pavages, emplissais mon godet aux jets des fontaines. Je pleurais d'abord de rage d'échouer à représenter quoi que ce soit, chiffonnant avec brutalité le papier détrempé. Puis je recommençais, recommençais encore, jusqu'à ce que quelque chose, au moins d'évocateur, finisse par émerger de la page. Et je passais à la salle suivante, ma robe de cotonnade blanche maculée d'aquarelle.

Des couleurs et une montagne majestueuse, ma vocation de peintre de paysages est née là, dans les palais de l'Alhambra couvés par les sommets de la Sierra Nevada. Pourtant, je ne peignis plus avant longtemps. Avant d'arriver aux Lofoten, à la vérité. De tomber en arrêt devant ces sommets impressionnants malgré leur faible altitude, à portée de regard, tachetés de plaques de neiges éternelles même en été, éclairés en continu par un soleil qui tourne en ellipse et révèle la complexité de leurs reliefs, de leurs faces cachées, tout le long du jour sans fin. Mon si bref usage de l'aquarelle ne m'avait certainement pas préparée à me confronter aux couleurs, aux variations, à la matière brute que je trouvai ici. Je dus tout reprendre de cet acharnement.

Les contours d'une ferme en contre-jour de la lune pleine, brièvement aperçue dans le ruban de paysage défilant à la fenêtre, me surprennent par leur ressemblance avec l'une des dernières bâtisses que nous avons dessinées et répertoriées. Celle de Tararp, toute simple, avec son chêne imposant, et son soubassement en pierres. Du sud de la Suède au cœur de la Norvège, comment est-il possible de retrouver exactement la même construction ? Des frères jumeaux séparés peut-être qui, chacun à des centaines de kilomètres l'un de l'autre, recréent la ferme de leur enfance ? Ont-ils eu des femmes qui se ressemblent, le même nombre d'enfants ? produit des cultures similaires ? Je m'égare. Impossible, pourtant, de me souvenir de ce que j'avais noté pendant que tu dessinais ce bâtiment, parmi les milliers d'esquisses que tu as saisies sur le vif durant toutes ces années.

Ce projet au long cours, cette recension des bâtisses ordinaires de Suède, est une manière d'inscrire dans notre fonctionnement quotidien ce besoin de création commune. En plus d'être devenu un mode de vie. Monter dans la voiture le matin, emporter le café, partir sur les routes avec toi, suivre un nouvel itinéraire...

Beaucoup nous ont moqués. Rendez-vous compte, le grand architecte Boberg, qui a travaillé sur le projet du nouveau siège du Parlement, qui a réalisé des demeures princières, le concepteur formidable du NK, le bâtiment le plus impressionnant de Stockholm, se met à dessiner du vernaculaire accompagné de sa femme ! Il n'a plus d'ambition, plus d'idées, il se contente de répertorier les plus indigents des bâtis.

Tu n'en as jamais souffert, c'était ton choix d'arrêter les grandes réalisations. Et tu sais, toi, ce que cet humble projet représente pour l'avenir, lorsque tout ce patrimoine sera balayé par une modernité de construction rapide, de nouveaux matériaux peu durables.

Ce que personne ne soupçonne, c'est que nous nous amusons, tout simplement, lancés sur les routes, avec le café et la nappe à pique-nique. Repérer les bâtiments. S'arrêter. S'installer. Dessiner. Répertorier. Et repartir, jusqu'au prochain bâtiment identifié sur la carte ou qui, tout simplement, nous attire l'œil. Traverser des forêts, des prés bordant des étangs.

Lors de la recension en Laponie, j'ai retrouvé quelque chose de nos étés aux Lofoten avec ce ciel azur, vif et pur, aux légers nuages d'été évoluant avec lenteur, et toutes ces tourbières, ces fleurs par centaines — *Rhododendron lapponicum, Heracleum sibiricum, Mulgedium alpinum.* Parfois, quand tes esquisses dépassaient le temps de ma prise de notes, je faisais quelques pas sur les sentiers, levais la tête vers les hauts sapins, respirais l'odeur de la résine, les parfums d'épices, caressais de la main les tapis de myrtilles de cette nature si généreuse en été.

Pourtant, l'envie de peindre ne venait pas me trouver. D'abord, je n'avais pas emporté mon matériel. Et le dessin, contrairement à toi, n'est pas mon mode d'expression. Je le vois plutôt comme une nécessité, celle du trait, du report sur le papier d'un schéma du réel qui n'a aucun lien avec le geste pictural. Pour beaucoup, d'ailleurs, il devance la peinture, la prépare. Le croquis comme ébauche. L'esquisse d'une œuvre n'en est pas une à part entière. Mais pour toi, c'est un art en soi, précis. Et, je le devine, le plus court chemin entre ton cerveau et le papier.

Une fois, pendant l'une de ces séances, au détour d'un pique-nique, entre lac et forêt, j'ai débusqué une prolifération de mûres arctiques que j'ai cueillies avec frénésie avant que tu ne me demandes de reprendre la route vers la prochaine étape. La meilleure baie au monde, si rare. La plus délicate. Celles-ci n'avaient pas exactement le même goût, ni la même couleur, que les norvégiennes, les premières que nous avions goûtées, aux Lofoten. Mais peut-être que la météo de cet été-là, avec l'alternance d'un temps très chaud en juin, puis très froid en juillet, avait quelque peu altéré leur saveur. Elles restaient néanmoins délicieuses. Nous les avions transportées dans un petit tonneau en bois acheté lors d'une halte, avec du sucre.

Depuis tes toutes premières réalisations, tu m'as donné une place dans tes chantiers, en me demandant d'accompagner tes aménagements intérieurs d'objets, de fresques, de tapisseries. Habiller ainsi tes constructions a contribué à façonner ta singularité d'architecte. Et j'y ai décroché mes premiers galons d'artiste. Mon vase Peacock, créé pour Rörstrand, restera peut-être ma création la plus connue en Suède. La plus appréciée, en tout cas. Aux dépens de mes tableaux.

Je mesure à quel point tu pourrais percevoir mon besoin de créer ici en toute solitude comme une forme d'égoïsme vis-à-vis de nos créations communes, même si jamais tu ne me l'as reproché en ces termes. Tu as toujours su m'associer à tes projets alors que moi, je pars, rigoureusement seule, dans mes campagnes hivernales de peinture.

Cela n'a pourtant rien d'une échappatoire. C'est peut-être même le moyen le plus sûr d'être à nous plus forte, plus présente que je ne pourrais jamais l'être autrement. Et même sans doute de m'investir pleinement dans les objets que je conçois avec toi. Ma création propre, celle qui compte vraiment, étant réalisée ailleurs, avec d'autres outils, les vases, les lampes reçoivent toute mon attention dans le temps de leur conception.

Pourtant, j'ai parfois la sensation de m'arracher à toi. Il faut qu'une urgence vitale se manifeste du fin fond de moi-même pour que je parvienne à partir sans regret, ou presque. Du creux de mon ventre se déploie ce besoin de me reconstituer. Lors de mes séjours aux Lofoten, je reprends possession de mon identité profonde. J'existe intensément dans cet acharnement du geste de peindre non pas un paysage mais *dans* ce paysage, dans un territoire vierge de représentation, qu'il me faut constamment inventer, dans les efforts démesurés que commande l'étendue même de mes insuffisances techniques.

L'aube se manifeste discrètement, à peine perceptible. Certaines nuits blanches vous prennent au dépourvu. Le cahier que j'avais ouvert sur la tablette est resté vierge. Je le referme soigneusement. Mes rêveries auront suffi à me faire traverser la nuit. Et elle est finalement de plus en plus longue, à mesure que je progresse vers le nord. Cette nuit est unique, elle n'appartient qu'à ce voyage qui la fait artificiellement durer. Il paraît que les passagers du Transsibérien, franchissant un fuseau horaire par jour, vivent des journées de vingt-cinq heures lorsqu'ils reviennent de Vladivostok. Une heure quotidienne offerte par le mouvement, un cadeau de temps pur.

Les paysages qui défilent à présent ne sont pas très différents de ceux aperçus ces dernières heures, seule la faible clarté leur donne un air aimable, inoffensif. Dans les couloirs, les passagers font leurs premières allées et venues. Nous arriverons bientôt à Trondheim, il sera alors temps d'embarquer pour la dernière étape du voyage. Presque une routine. C'est la voie facile.

La difficile est celle qui nous fit traverser la Laponie, à pied, il y a trente ans. Quelle folie. J'y repense chaque fois que je suis en route pour l'archipel. À la manière dont nous sommes passés d'un séjour d'agrément à Kiruna, dans la demeure si convoitée de Hjalmar Lundbohm, magnat de l'acier et bienfaiteur des arts, à ce voyage insensé.

Je me souviens avec précision du moment de bascule. Lors d'un dîner, nous étions placés à côté de ce dramaturge norvégien qui nous avait parlé de son enfance aux Lofoten. La description qu'il en avait faite, et ces mots qu'il avait eus pour les décrire — « De loin, l'archipel est comme un monstre allongé dans la mer » — nous avaient frappés. Nous nous étions couchés sur cette phrase : « Vous savez, à vol d'oiseau, d'ici à Narvik, d'où vous pouvez prendre le bateau, il n'y a qu'une centaine de kilomètres à couvrir. » Il n'en fallut pas plus pour piquer notre sens aigu de l'aventure. De l'autre côté du salon, notre cher prince Eugen nous considérait ce soir-là de son œil complice, mi-amusé, mi-accablé ; il savait déjà que nous le ferions.

Au lever, nous demandâmes des cartes topographiques à notre hôte. Bientôt, toute la résidence fut au courant de notre projet, et chacun y alla de ses conseils, ou de sa réprobation. Un vaste débat sur les moustiques fut lancé, comme s'il s'agissait de la plus redoutable des calamités. L'absence totale de nuit agissait sur moi comme une drogue. Dans ce jour éternel, tout devenait possible.

Alors nous partîmes, inconscients, excités, mal équipés, laissant dans les yeux des autres artistes invités auxquels nous faisions nos adieux une étincelle d'envie et, sur leurs visages, un masque de consternation.

Après Kiruna, la ville moderne, la ville de fer, fleuron de la civilisation nouvelle, la nature brute que nous traversâmes fut intraitable, sauvage. Des kilomètres de toundra peuplée de bouleaux nains, de tourbières pernicieuses à franchir. Dès les premiers pas sur les sentiers, nous eûmes les chaussures inévitablement trempées par la terre noire, spongieuse. Nous marchions, boussole en main, prêts à affronter les éléments car nous savions que ce ne serait pas si long, mais ce fut tout de même difficile. Peu à peu, les paysages firent leur œuvre, et nous nous sentîmes alors heureux d'avoir fait ce choix, de nous trouver là où nous étions. Seuls.

Des cabanes de chasseurs, ou d'éleveurs samis, nous abritaient du vent, de la pluie, si fréquents. Là, on nous donna à manger des steaks d'ours faisandés. On nous permit aussi de nous reposer quelques heures dans les peaux des grands fauves. Les poêles à bois n'étaient pas loin de nous asphyxier, autant que l'odeur de crasse fétide des cabanons et de certains de leurs occupants. Je me souviens des regards que nous échangions alors. De nos fous rires.

À mi-chemin, alors que nous pensions le plus dur derrière nous, une succession de nouvelles difficultés se présenta, les eaux s'immisçant de plus en plus dans notre parcours. Les barques de pêcheurs pleines des viscosités des poissons d'eau douce nous transportèrent sur les eaux tumultueuses des rivières et des lacs. Puis nous dérapâmes sur les sentiers abrupts de la frontière norvégienne. Les pentes rocailleuses qui en redescendaient nous jetèrent dans le fjord Rombaken sans ménagement. Mais enfin, Narvik n'était plus très loin. C'était comme si nous étions déjà arrivés. Comme si nous avions déjà épuisé toute une saison d'expédition.

Et le jour vint où nous embarquâmes donc sur le vapeur qui nous conduisit vers ce dragon couché. Car c'est exactement ce que nous vîmes, un monstre au profil immergé dans la mer.

J'y suis de nouveau, le bateau postal n'a que peu changé. Vois-tu, je ne suis pas blasée. Ce matin, à peine descendue du train, quand j'ai posé le pied sur la puissante machine, cette fois depuis le port de Trondheim, j'ai revécu la même excitation. Avec la même intensité.

La peinture grise, épaisse et brillante du pont, la fumée des cheminées du vapeur, la mer agitée, grise aussi, le ciel uniforme, lourd, forment un continuum. Ce serait d'un léger ennui si le vent vif et la houle n'apportaient leur part aventureuse à ce dernier segment du voyage.

Je me tiens à la proue quand les autres passagers, des îliens pour la plupart, restent sagement cantonnés à l'intérieur. J'attends. J'attends que surgisse des eaux le monstre de granit.

Arrive enfin le moment lorsque, de sa cabine, le pilote me montre du doigt une bande d'un gris un peu plus marqué, entre le ciel et la mer, juste devant lui. Les voici. Sans me connaître, il a compris ce que j'attendais. Une folle aux cheveux ébouriffés, qui scrute l'horizon sur le pont, exposée aux éléments, ne peut être qu'une fanatique des Lofoten. Cap au nord. Le vent et les vagues agitent davantage encore l'embarcation, pourtant massive, comme ballottée par la masse ondulante de l'immensité liquide.

Découvrir l'archipel en été fut un choc. Je me demande souvent quelle aurait été ma première impression si cette découverte s'était produite en plein hiver. Quand les sommets sont intégralement recouverts de neige et que tout se confond dans la pénombre, ciel, mer, montagne. Que les bateaux étrangers emplissent les abords des fjords. Et que les quais du port empestent les morues décapitées mises à sécher. Que même l'abri le plus confortable n'est plus que courants d'air. Mais que la vie bat son plein.

Le bateau postal me paraît terriblement lent à s'approcher du but, de mon but. Fixant le relief émergeant à m'en abîmer les yeux, j'ai le cœur inutilement serré lorsque la chaîne des sommets disparaît derrière une vague plus puissante qu'une autre.

J'ai hâte de retrouver la cabane de Fyrö, la seule et véritable maison qui m'appartienne en propre, désormais. Celle que tu as conçue pour que je puisse mener mes campagnes de peinture dégagée des préoccupations matérielles. Tu en as dessiné les plans alors que j'étais encore seule ici, mal hébergée. Et tu l'as fait construire à l'endroit exact où nous nous étions un jour arrêtés en promenade lors de ce premier été, quand, nous tournant de toutes parts, nous avions constaté que c'était le point des environs qui concentrait le plus de vues remarquables. Sans doute, à cet instant, y avais-tu déjà pensé. Et peut-être même aussi aux sept fenêtres qui la constitueraient.

Afin que je revienne valider tes plans élaborés en mon absence, tu m'avais alors écrit : « Puisque tu ne peux pas imaginer l'avenir autrement qu'en peignant ces paysages, je dois au moins faire en sorte que tes conditions de logement soient aussi acceptables que possible. »

Me souvenir que tu as été capable de cela, de mettre toute ton énergie dans la conception d'un refuge qui risquait de m'éloigner de toi encore plus longtemps du fait de son confort, alors même que tu regrettais cet éloignement, m'apaise aujourd'hui, dans ce temps du voyage qui m'éloigne chaque instant un peu plus de toi. La première fois que je t'avais parlé de mon projet de retourner aux Lofoten seule, en hiver, tu m'avais regardée longuement dans les yeux avant de me dire : « Vas-y. » Et d'ajouter plus bas : « Simplement, reviens. »

Tu as réalisé des bâtiments monumentaux admirables. La Waldemarsudde de notre grand ami le prince Eugen restera forcément dans l'histoire. Mon habitation est la plus modeste, on pourrait même dire la plus insignifiante, que tu aies jamais construite. Elle incarne pourtant ta sidérante capacité à comprendre comment les gens vont vivre à l'intérieur de leur habitat, ce qui fera leur joie quotidienne. Sans aucun doute possible, cette cabane est ta construction la plus aimée de son propriétaire.

Quand je la retrouverai tout à l'heure, elle ne sera pas chauffée, figée par les écarts fulgurants de température qu'elle aura subis en mon absence, par le soleil intense, les rafales de vent, les pluies battantes. Une certaine gêne présidera à nos retrouvailles. J'entrerai avec mes vêtements et mes bagages encombrants, mes bottes maculées de boue, elle sera froide, rigide, couverte d'une couche de poussière. Et puis, un coup de balai, le feu lancé dans la cheminée, les coussins battus et les tapis secoués, je retrouverai nos objets, nos meubles, je lancerai de l'eau à bouillir tout en observant par la fenêtre l'église de Svolvær en arrière-plan, ou bien le sommet du Vågakallen plein de promesses chromatiques. Enfin, je me délasserai, me prélasserai en elle. Un instant seulement. Car aussitôt, je préparerai mon matériel et sortirai à l'assaut des paysages que la nuit totale menace bientôt d'effacer, quand les montagnes hésitent encore entre la roche grise et la neige d'altitude immaculée, que les eaux des fjords ne sont pas encore alourdies par ce froid mais s'assourdissent en un vert proche du noir.

Le ciel me déçoit un peu, il est d'un gris incertain, sans grand intérêt. Dans ma chambre à Paris, lors de mon séjour chez les Garnier, était accroché un petit tableau peu spectaculaire, mal encadré, dont le ciel avait cette même teinte. Au fil des jours, je le couvais d'un regard quasi amoureux. Il s'en dégageait un charme discret. Le paysage était banal, mais avons-nous si souvent l'occasion d'en avoir sous les yeux quand nous sommes en ville ? Le paysage en peinture n'est d'ailleurs plus si courant. Et il appartient à ces artistes qui simplifièrent la peinture classique, la déplaçant en plein air, de l'avoir réhabilité pour ce qu'il est, simplement une vue, une portion de nature.

Ce tableau n'était rien qu'un ciel d'un opalin un peu terne, traversé de légères traces blanches, des nuages, se reflétant sur une étendue d'eau, lumineuse car bordée de rives sombres. Entre les deux, un horizon subtil, tirant davantage vers le bleu, projetait le regard vers un ailleurs lointain, indéterminé. Au centre, un saule blanc, noueux, à la frondaison éparpillée, faisait figure de motif principal. Quelques personnages reposaient à son pied, de pure convention, des femmes avec enfants.

À la base d'un relief, un bouleau me rappelait bien entendu mes arbres chéris de Suède, arbres généreux, compagnons de vie, qui savent tant offrir. Bordant la pièce d'eau, une modeste colline, aux tons jaunes, apportait une lumière bienvenue, évoquant un matin de printemps, quand le soleil timide caresse l'adret et délaisse tout à fait l'ubac.

Approchant mon nez de la toile, je devinais les traces du pinceau dans les feuillages, me réjouissant de leur empreinte paisible. Car il y avait beaucoup de douceur dans cette peinture. Mais elle était craquelée, le vernis un peu sale.

Un jour, la ficelle rudimentaire qui la retenait au clou a rompu, elle est tombée du mur. En la ramassant, je m'aperçus qu'elle portait au dos la signature de Camille Corot. Cadre en main, je me précipitai vers Charles Garnier pour lui faire part de ma découverte. Celui-ci l'accueillit avec nonchalance : « Dans son grand âge, Corot distribuait des toiles mineures pour le moindre service. Il a dû me la donner contre je ne sais plus quelle faveur. Mais enfin, elle ne mérite aucunement de figurer parmi mes véritables œuvres d'art, n'est-ce pas ? »

Je n'eus pas le courage de mon admiration. Le tableau doté d'une nouvelle ficelle resta dans la petite chambre, même lorsque je la quittai.

Il m'aura fallu quatre jours entiers. Des jours pleinement absorbés dans les tâches les plus communes. Remettre en ordre la cabane, après tout ce temps, la chauffer, faire réparer ce qui s'est détérioré, donc trouver quelqu'un pour le faire, s'approvisionner en nourriture... Monter les cadres des toiles, préparer les cartons pour les recherches sur le terrain. Ordonner le matériel de peinture. Je déteste perdre du temps pour l'organisation de ma propre activité. Surtout quand je viens seule pour travailler. Contrairement à d'autres, je ne prends aucun plaisir dans l'arrangement de l'atelier. Y admirer la gamme de couleurs des peintures, la diversité des formes de pinceaux glissés dans les pots, ou bien rangés à plat n'est pas pour moi. Pas le temps. J'ai tant attendu ce moment de la peinture en actes qu'il se manifeste avec une urgence irrépressible.

Mais enfin, à présent, j'y suis, débarrassée de toutes ces préoccupations. Prête à peindre. L'après midi fut assez clément, et la lumière, même déjà faible, intéressante. J'ai repris les itinéraires habituels. Croisé des visages familiers. Fait quelques esquisses pour me dérouiller. Senti au creux de mon ventre la joie vive de me retrouver ici.

Il me tarde que la neige tombe véritablement en abondance. Les paysages sont indécis, entre traces des dernières chutes et persistance de la terre nue. Une forme de redoux me donne l'impression d'être arrivée un peu trop tôt, ou que l'automne s'étire de manière inhabituelle.

Dans cet intervalle un peu mou, dans ces préparatifs, mon esprit a beaucoup vagabondé. Mon instinct me ramène vers l'été, nos voyages, le Sud, le soleil ardent. J'arpente des sentiers boueux, transbahutant jusqu'à la cabane des seaux d'eau glacée tirée de la rivière, des vents forts et humides me fouettent les côtes, et dans ma tête, ce sont des murs frappés d'une chaleur sèche, dégoulinants de bougainvilliers qui m'apaisent.

Le soir, pour m'endormir, je revisite mentalement un à un nos voyages de ces toutes dernières années, d'étape en étape : quels moyens de transport avons-nous empruntés, quelles villes traversées, quels musées arpentés. J'entretiens la mémoire vive du souvenir.

Parce que, sans cela, je rumine, me laisse aller à penser que, n'avançant pas assez vite dans ma production, je perds doublement du temps. Celui de la peinture, et celui que j'aurais pu avoir avec toi. Je suis la première à défendre l'idée que la création demande aussi un temps parfois vide, inutile, qui ne se révèle fructueux qu'après coup. Mais là, il faut que se concrétise mon travail dans le temps de ce séjour.

Je suis tellement seule que le son de ma voix, lorsqu'elle m'échappe, me surprend.

Une tempête semble couver.

Un silence rigide accueille le jour nouveau presque indécelable. L'intérieur de la cabane baigne dans une lueur sourde. Tout ce qui la compose semble confondu en un même amas sombre. Il existe une expression consacrée : le calme après la tempête. Radical. Qui ne l'a jamais vécu ignore à quel point ce calme-là est chargé des traces dévastatrices creusées par la catastrophe.

Car cette nuit, une tempête s'est muée en ouragan. Un ciel étrange, aux teintes inhabituelles, avait d'abord accompagné le crépuscule. Une fois la nuit véritablement installée, les bourrasques ont gagné en force. Il y a eu un point de bascule, invisible puisque nocturne, mais précisément perceptible, lorsque les rafales n'étaient plus seulement puissantes, mais violentes, qu'elles se sont mises à frapper les murs aussi sûrement qu'une masse. L'angoisse, soudain, a pris le pas sur l'inquiétude. Te souviens-tu de ce qu'avait dit l'ouvrier qui avait posé les fenêtres ? Devant notre déception à la découverte de ces cadres fixes, ne pouvant donc s'ouvrir, il avait rétorqué qu'un jour nous le remercierions. Ce que j'ai fait au cœur de cette nuit. Les fenêtres ne volaient pas, n'ouvraient pas mon refuge à la furie. Et pourtant, tout tanguait, craquait, se rétractait, se mouvait dans ce qui ne doit, précisément, pas se mouvoir. La cabane souffrait. Dans la confusion, il m'a semblé qu'une partie de la cuisine était en train de se détacher. Entourée d'une couverture, je me suis réfugiée dans la cheminée, qui m'est apparue comme le centre de gravité de mon abri. Le visage enfoui, j'ai imaginé que la cabane entière se soulevait, que la toiture s'était détachée, les autres pièces effondrées. À aucun moment je ne me suis reproché d'être seule. D'ailleurs, il n'y avait qu'une place dans la cheminée !

Quand les bourrasques ont commencé à faiblir, je suis sortie de la cendre froide. Explorant les lieux, aux aguets, concentrée sur les bruits du dehors. J'ai été d'abord presque soulagée de voir que seul l'escalier extérieur s'était envolé. Pourtant, cela signifiait que le bois, les vivres, devenaient inatteignables. Blottie dans le lit, j'ai passé le restant de la nuit à imaginer mille solutions pour sortir de ma prison aérienne — draps noués, corde en rappel, matelas en contrebas...

Au matin, le gardien du phare, ayant observé de loin les dégâts, avait déjà apporté son échelle de secours pour que je puisse aller et venir. Et le charpentier est aussitôt passé pour construire un solide escalier. Je crois d'ailleurs qu'il est plus robuste encore que la cabane. La prochaine fois, tout pourra se disperser, sauf lui.

Je suis terriblement contrariée d'avoir de nouveau perdu des jours précieux pour la peinture.

Après tant de jours improductifs, j'ai enfin pu entamer un véritable travail d'études. Mais le temps reste décevant, et j'ai beaucoup d'envies, s'agitant comme des feux follets sous couvert. Il faut que je canalise mes recherches, sans cela je multiplierai facilement les sujets, les approches, pressée par l'arrivée de l'obscurité polaire. Pourtant, cela demandera encore des jours avant que je puisse aborder les véritables compositions sur toile.

Au creux de la cabane colonisée par mon propre désordre, j'ai reçu les bons vœux de mon amie Gabrielle, envoyés de Paris avec suffisamment d'avance pour qu'ils me parviennent au plus près de la nouvelle année. Dans la solitude qui est mienne, son courrier a provoqué une déflagration de souvenirs. Telle une lanterne magique, le mince carton a, une nuit durant, projeté sur les planches de bois brut les instants précieux de notre vie parisienne.

Je crois que ce qui me lie le plus intimement à Paris sont les moments passés auprès de Sarah Bernhardt. J'ai depuis longtemps égaré la première lettre que Georges Clairin m'avait adressée à Stockholm et qu'on m'avait fait suivre jusqu'ici, quelques jours avant mon retour, m'annonçant la tournée scandinave de la grande comédienne. Il souhaitait nous mettre en relation. Une amie commune m'avait dépeinte comme « la personnification moderne de la Walkyrie » ! Convaincu que nous allions nous entendre, Georges Clairin m'avait toutefois conseillé de troquer mes « habits d'esquimau » pour une tenue à la dernière mode parisienne. Il est vertigineux de se souvenir que c'est ici même, sur ce sofa, que je me représentais faire sa connaissance. J'étais alors dans un état d'excitation enfantine à l'idée de rencontrer la diva des divas, celle qui échauffait toutes les conversations lors des soirées passées chez les Garnier, dans ma jeunesse parisienne, et dont je connaissais le jeu, les amitiés privées, les répliques fameuses, avant même de l'avoir vue sur scène.

Les déjeuners chez Sarah étaient toujours des expériences totales, mais le premier auquel j'avais été conviée, boulevard Pereire, quelques jours après l'inauguration de mon exposition, reste le plus marquant. Un valet de chambre m'avait conduite le long d'un corridor sans fin débouchant sur un vestibule aveugle. Il permettait d'accéder à une grande pièce en longueur dans laquelle la lumière du jour parvenait par une verrière zénithale, les quelques fenêtres étant, comme le reste des murs, obturées par un amoncellement de meubles, d'objets d'art plus ou moins précieux, plus ou moins exotiques, de draperies, de tapis, de reliques, de plantes. Des bibelots anodins voisinaient avec de flamboyants exemples de la sculpture classique, des chiffons ornaient de vénérables antiquités égyptiennes ou chinoises, des vestiges de sanctuaires moyenâgeux...

Et puis, bien entendu, il y avait les peintures, dont la plupart étaient ses portraits. Dans un curieux glissement du temps, je retrouvai le portrait de Clairin, dont j'avais eu l'occasion de voir une reproduction lors de mon séjour de jeunesse à Paris. À l'époque, Sarah n'était encore pour moi qu'une figure fantasmée, et ce tableau avait participé pour beaucoup du mythe personnel que je m'en étais fait. À découvrir l'original, j'admirai alors moins le modèle que la peinture en elle-même. La composition en courbes, le chien dans le prolongement de la robe, les jeux de contrastes entre le décor sombre et la clarté éblouissante de la tenue, le rendu des plumes, et leur proximité avec le poil animal. Ce rouge, ce blanc.

Avec un pas de recul, je quittai toutefois la surface de la toile pour retrouver le regard direct, pénétrant, de Sarah, et celui par en dessous, discrètement menaçant, ou autoritaire, de son lévrier.

Non loin, le divan du tableau occupait un pan conséquent de la pièce. Lui aussi avait pris de l'âge, s'était stratifié. Il reposait devant un fond de tapisseries anciennes, recouvert de peaux d'animaux et de piles de coussins précieux et dominé par un imposant baldaquin d'allure royale. Au milieu d'un des longs murs s'ouvrait un couloir, au fond duquel, derrière un treillis doré et une paroi de verre, s'agitaient de véritables singes. Comme si nous nous trouvions au zoo, exactement.

Enfin, Sarah fit son entrée, majestueuse, chaleureuse. Elle était, dans l'intimité, pareille qu'au théâtre, avec ce mélange de sophistication et de spontanéité qui n'appartenait qu'à elle.

De sa démarche lyrique, elle me conduisit immédiatement dans un cabinet, pour me montrer quelques-uns des croquis de costumes composés et dessinés par elle-même, et que je trouvai sincèrement réussis. D'ailleurs, tout lui réussissait. Elle jouait la comédie, dansait, chantait, écrivait, sculptait dans son atelier en chemise de flanelle blanche. Elle montait à cheval, élevait des singes dans son appartement et dormait, tout le monde le sait, dans des cercueils capitonnés de satin blanc. Avec elle, on pouvait parler histoire de l'art, théologie, politique, poésie.

Quand je lui fis part de mon admiration pour ses talents hybrides, elle me répondit en riant : « C'est simple, je dors comme une bûche chaque fois que je vais me coucher et, mes cheveux étant naturellement bouclés, je ne perds jamais de temps à les coiffer. »

Les terres inconnues avaient pour elle un grand attrait. Le récit de mes expériences arctiques la fascinait. Elle me demanda alors solennellement de me joindre à elle pour sa tournée en Suède. Concernant l'équipement, elle voulut tout de suite des informations détaillées, se délecta par avance d'une combinaison en fourrure véritable, dans l'esprit des ours polaires, des trappeurs ou des pêcheurs de baleines, se montrant absolument sourde à mes objections prosaïques et sans imagination.

J'ai la même chevelure que Sarah. En société, il ne s'agit que de la dompter un peu, ce qui facilite les choses. Ici, dans le vent, l'humidité, et avec les écarts de température entre dedans et dehors, elle m'échappe complètement, devient une matière mousseuse aux formes floues. J'aimerais pouvoir dire que cela m'est indifférent, puisque je suis seule ici et que j'écrase mes cheveux sous ma toque en sortant. En réalité, je me force quand même parfois à les ignorer, j'évite le reflet des miroirs et la tentation de les discipliner.

C'est vrai aussi de mes tenues, de ces pantalons larges et informes — affreux — qui ne me quittent plus dès que j'arrive à Fyrö. Je pourrais tenter de me façonner un style nordique tout personnel, afin de maintenir un semblant de féminité et d'élégance, même folklorique. Il y a cette série de photos que tu avais faites. Dans le style « chauve-souris d'opérette », j'y fais assez illusion, vêtue de ce manteau en fourrure de phoque. En réalité, le laisser-aller de mon apparence est rigoureusement nécessaire à ma concentration. Il est aussi un confort. Et une absolue liberté.

Des semaines que je suis ici et rien de satisfaisant ne pointe encore de mes études. La météo très maussade écrase les perspectives. Je ne peux pas me résoudre à peindre des reliefs aux teintes sourdes dans cet entre-deux sans panache. Les Lofoten sont des extrêmes pour mon œil de peintre. Entre les verts multiples de l'été et les blancs diffractés de l'hiver, il n'y a que l'attente. Je dois me contenter du peu de lumière que me laisse la nuit polaire, et travailler. Même sans grâce.

Je pourrais, je devrais, m'accommoder de la nuit envahissante et me tourner vers les aurores boréales. C'est la raison pour laquelle je suis venue si tôt cet hiver. Mais je n'en repère que très peu, seules quelques maigres oscillations verdâtres se contentant de teinter le ciel nocturne. Malgré cela, je ne dois pas perdre ma concentration, ni laisser mes nerfs me dominer, ou l'urgence me tirailler. À dire vrai, j'enrage. Cela fait des années que j'attends ce moment, je suis venue plus tôt dans la saison, j'ai posé le pied à Fyrö prête à en découdre, et puis tout s'effrite, s'effiloche. Tout est mou, fuyant.

C'est la première fois que je ressens une forme de lassitude pour les environs immédiats de la cabane. Que je remarque la presque absence des arbres, ici. Car s'il y a bien une chose qui manque, aux Lofoten, surtout quand on a grandi dans l'immense forêt qu'est la Suède, ce sont les arbres. Ils manquent l'été, non que l'on recherche leur ombre pour la fraîcheur, mais on aimerait parfois se soustraire aux rayons solaires perpétuels. Ils manquent aussi l'hiver, mais d'un point de vue purement esthétique. Car les hauts sapins couverts de poudreuse constituent certainement l'un des spectacles les plus réconfortants au monde.

Un seul arbre suffit. Lors de la vente si douloureuse de Vintra, notre villa, j'ai pensé un moment pour me consoler que nous pourrions à présent acheter un arbre, quelque part. Un simple arbre dans un pré. Nous aurions pu y aller de temps à autre, du printemps à l'automne. Pour nous y reposer, lire, jouer, pique-niquer. Y passer de longues heures, les après-midi d'été. J'aurais eu du mal à te convaincre. Tu es beaucoup moins sensible que moi à la nature. Du moins, tu t'en lasses plus vite. Le jardin de Vintra ne t'intéressait pas vraiment. Je pense à lui chaque jour comme à un être défunt. Son lilas de Perse, ses groseilliers sur troncs et tant d'autres plants, parfois très délicats, qui ont concentré tous mes soins, durant ces années.

Tu es l'homme de la cité industrielle. Le monde est une construction à tes yeux. À toi la maison, à moi le jardin. Je pourrais continuer. À toi la logique, à moi l'imaginaire. À toi le dessin, à moi la peinture. À toi la froideur, à moi la chaleur. À toi l'aérien, le vertical, à moi le terrien, les racines.

Si la ville de ton enfance, Norberg, ses mines, ses usines, ont durablement façonné ton esprit, et cette intelligence technique qui est la tienne, je crois que c'est le jardin de la villa des Garnier, à Bordighera, qui a le plus profondément marqué mon imaginaire quand j'y ai séjourné enfant.

Je dormais la fenêtre ouverte. Les lueurs de l'aube, les premiers chants des oiseaux, une vague rumeur du monde m'éveillaient en douceur. Passant une robe de chambre, je descendais le pied léger pour ne pas risquer d'éveiller l'attention de quelque domestique matinal occupé à ordonner la maison, à préparer le déjeuner. Dehors, mes fines mules se gorgeaient de la rosée des pelouses parfaites, aussi denses et colorées qu'un tapis de laine, et la fraîcheur saisissante de l'humidité sur mes pieds, encore chauds de sommeil, impulsait des frissons qui remontaient haut le long de mon échine.

Alors que le jour se précisait et que la chaleur du soleil levant commençait à irradier, j'explorais le jardin en terrasses, parcourant les allées couvertes d'hibiscus. S'il y avait du vent, je m'arrêtais pour écouter le bruit sec, répétitif et pourtant mélodieux des feuilles palmées, fermement pliées dans leur longueur rigide, qui s'entrechoquaient.

Des centaines d'espèces avaient été plantées là selon la science précise d'un paysagiste allemand. Je rendais ma visite quotidienne à des fleurs exotiques dont j'étais incapable de retenir les noms. Mais je les connaissais intimement, scrutant l'état de leur éveil, l'ouverture de leur corolle, approchant le parfum des unes, humant de loin la repoussante odeur des autres. Les plantes locales exerçaient aussi sur moi une attraction singulière, bien qu'elles m'aient été longtemps étrangères : genêts, citronniers, myrtes, arbousiers, herbes aromatiques... Je découvrais la Riviera, je la goûtais de tous mes sens, m'en imprégnais de tout mon corps. La terrasse et son impressionnant pin parasol m'offrait d'embrasser la vue sur la mer si rigoureusement bleue, les barques de pêche filant sur la masse étale, le village au loin et ses étranges habitants — enfants crasseux, femmes en noir, vieilles voûtées, pêcheurs besogneux qui m'effrayaient un peu.

Descendant lentement jusqu'à la plage, je rêvassais aux activités du jour qui nous attendaient. Je ne m'y attardais généralement pas, les plus tardifs des pêcheurs préparaient encore leur barque, me lançant des regards distants, ou alors insistants. Résistant à l'envie de m'avancer tout habillée dans l'eau calme, je remontais, traînant mes savates alourdies mais les joues rosies, fraîches, la respiration légère, levant les yeux vers le soleil, la tour-minaret de la villa, vers le jour à venir.

Les après-midi, torrides, je préférais les recoins sauvages du jardin. Les terrasses étroites et encaissées condensaient là de jeunes palmiers, des oliviers et de grands mimosas, enchevêtrés, donnant une ombre finement ajourée. J'y menais des explorations imaginaires et, lorsque je relevais le nez, le bleu intense de la mer faisait vibrer en moi une promesse de fraîcheur. Ces premières impressions d'un monde nouveau ont défié l'érosion du temps. Elles ont aussi présidé à mes choix pour aménager notre jardin de Vintra. La place des arbres fruitiers, l'organisation du terrain vers le lac, l'entremêlement des variétés de plantes... Ce jardin était peut-être davantage mon territoire que la villa en elle-même. L'ensemble constituait en tout cas notre foyer, le seul véritable que nous ayons jamais eu. Certains diraient : « C'est là que nous avons élevé nos enfants. » Nous pouvons juste affirmer : « C'est la maison que nous avions conçue, où nous avons vécu nos plus belles années. » Et elle ne compte pas moins, cette vie à deux, qui fut toute notre famille.

Mais Vintra est vendue et, malgré les amis, ma proximité avec les enfants du prince héritier, les jeux avec nos neveux et nièces, la douleur de n'avoir pu enfanter reste vive. Nous en parlons peu. Et quel sens cela aurait-il à présent que nous avons l'âge d'être grands-parents ? Peut-être que cela en a d'autant plus. Pas d'héritier, pas d'héritage. Une postérité, malgré tout. Surtout pour toi, qui as construit des bâtiments qui tiendront encore debout dans plusieurs siècles. Mes toiles dureront-elles aussi longtemps ?

Pas tant que je serai privée de reconnaissance critique.

Pas tant que je serai engluée dans ce temps mou où je ne sais que peindre, que faire, pour calmer mon inutile agitation.

À présent, notre seule possession est cette cabane. Une cabane et des souvenirs, immatériels. Mais je n'oublie pas que derrière la vente de Vintra se cache malgré tout un choix. Celui d'une vie faite d'expériences plutôt que de stabilité patrimoniale. Qui nous laisse la liberté totale de parcourir le monde.

Si je me concentre sur des souvenirs de jardins, il en est un, malgré tout, qui nous a unis. Le parc botanique de la Conception, à quelques kilomètres dans les terres de l'étouffante Málaga, où j'avais voulu revenir, quelques années après mon séjour en famille en Andalousie. Nous étions alors à mi-course de notre voyage de noces. Après Séville. Avant Alger. Nous avions fait une sieste monumentale. De celles dont on s'éveille avec cette impression curieuse d'une lourdeur ouatée. Qui exige un temps infini, mobilise tant d'efforts pour sortir d'une torpeur, qui a tout d'un bonheur irrépressible, en une lente remontée au présent. Si bien qu'il était déjà tard quand nous sortîmes, et les musées étaient fermés. Le parc, seul, restait ouvert.

Nous l'arpentâmes, indolents, dans la lumière du soir déclinante, encore tout habités de la langueur de notre après-midi. Il ne restait que peu de visiteurs. Au-dehors, des éclats de voix signalaient que la soirée se préparait, que la vie reprenait le dessus après la chaleur. L'odeur des aiguilles de pin que nous foulions montait jusqu'à nous, en plus d'essences étranges dont nous cherchions vainement la source. Nous nous tenions la main, silencieux, comblés par le calme et par la fraîcheur du jardin qui était vaste, avec ses reliefs, ses perspectives, et ses multiples sentiers entrecroisés. Dans un espace dégagé, les palmiers royaux de Cuba formaient une allée de troncs lisses que je me mis à caresser, surprise par leur douceur. Plus loin, une haie d'hibiscus salua notre jeune couple d'un parfum gras et ambré. Et ce fut alors comme une nouvelle cérémonie, parfaitement intime.

Un réveillon de Nouvel An sans toi. En ce moment précis, je pourrais presque regretter d'être venue si tôt cette année. Habituellement, lorsque j'arrive aux Lofoten fin janvier, la renaissance s'amorce. La neige est là en abondance. Tout est en place. Et peu à peu, la lumière s'étend. En m'y rendant cette fois fin novembre, j'ai dû attendre l'apparition tardive du véritable hiver. La faible luminosité n'a pas été satisfaisante. Les courtes journées n'ont pas été suffisamment nourries par mes études de terrain, un peu gâchées par le processus déclinant du jour, tellement moins intense et exaltant que sa reprise. À vouloir gagner du temps pour la peinture, j'en ai peut-être perdu.

Je n'ai fait aucuns frais. Un non-réveillon. Presque un jeûne. Une soupe, des noix. L'électricité dont je suis si heureuse de bénéficier ici grâce à la proximité du phare ne me semblait pas appropriée. J'ai rallumé l'antique lampe à pétrole. Dans sa faible clarté, mon festin déjà terminé, j'effleure de la pointe du couteau les cerneaux éventrés, les promène sur la table, les rassemble en ligne, les pousse dans un sens puis dans un autre. Solides mais légères enveloppes. J'ai eu du mal à les briser et maintenant, elles sont inertes, inutiles. Bonnes à jeter au feu.

Difficile de ne pas penser à notre premier réveillon ici. Le chantier venait de s'achever. Les ouvriers avaient tout juste fini de ranger leurs outils et, charpentier en tête, ils nous avaient salués avant de se diriger vers leurs propres maisons, ancestrales, pour retrouver leurs familles occupées à la préparation de leurs fêtes.

Une fois la porte refermée, nous vécûmes ce sentiment intense de la prise de possession d'un foyer. Celui-ci n'a jamais failli à l'atmosphère de douce et tranquille félicité qui s'en dégagea ce premier soir. Des bûches crépitant dans la cheminée, doublée d'un poêle rougeoyant, une lampe à pétrole et des assiettes de poissons fumés accompagnées d'un grand bol de crème formaient l'image idéale de ce premier franchissement de l'an à Fyrö. À minuit, les cris de joie de quelques lointains voisins nous amenèrent à sortir, mesurant, sous de timides aurores boréales, l'immensité de laquelle nous étions désormais protégés.

Je me sens seule, déplacée, moi, qui fuis en tous lieux l'ombre même des touristes, qui cherche toujours les coins les plus reculés pour camper, pour qui la liberté absolue n'existe que dans l'absolue solitude, que je subis un peu ce soir. En réalité, je la subis depuis des jours.

La solitude, il faut savoir l'habiter, par la passion ou par l'exaltation. Rien ne me rend plus heureuse que notre solitude à deux. Rien ne m'enthousiasme autant que celle de ma peinture. Sans ta présence et sans production valable, alors, le vide m'emplit toute.

C'est une chance pour la mélancolie d'avoir de tels espaces infinis sous les yeux. Elle peut s'y étendre, enfin, s'y répandre. Aucune rencontre, aucune amitié, aucune émotion ne vient la contrarier.

D'ailleurs, je n'ai pas besoin de distraction. Juste de travail.

Je me persuade de rester. Et je m'accroche au souvenir de l'un des premiers hivers en solitaire, où, découragée par mes essais, cédant à tes appels implorant mon retour, j'étais revenue brusquement à Stockholm pour te retrouver. Les quelques toiles déjà peintes n'étaient pas encore sèches. Je m'étais dit que je les reprendrais de mémoire dans l'atelier de Vintra. Mais rien, alors, n'était venu. J'étais auprès de toi, et heureuse de l'être, mais profondément insatisfaite que mon séjour n'ait finalement servi à rien. Et que mes observations, mes essais sur place, soient perdus.

Il faut que je tienne. Que je ne me laisse pas attendrir par le manque de toi. Que j'aille au bout du temps que je me suis donné. Pour accomplir ce pour quoi je me suis rendue si tôt ici, ce pour quoi je sacrifie du temps que je pourrais passer en ta compagnie ou occuper à nos projets communs. Accomplir ce qui finalement tient en quelques mots : peindre du blanc qui ne soit pas l'absence, peindre une lumière qui ne soit pas matière. Peindre.

Le grand spectacle boréal m'a insufflé l'énergie que j'attendais pour produire, enfin. Il me fallait prendre un détour, sortir de l'impasse où me menait le regret de la lumière, nécessairement manquante, pour m'engager, chercher à l'opposé, vers le noir, observer comment les couleurs en jaillissent, percent l'obscurité.

Après les quelques toiles réalisées à mes débuts ici aux Lofoten, je n'ai jamais véritablement donné toute sa chance au déploiement boréal. Parce que je n'ai pas cherché à traquer les aurores, par nature imprévisibles. Les plus impressionnantes d'entre elles n'apparaissent pas sur commande, quand on a la palette en main. Et pourtant, quel sujet.

Alors, je les ai pourchassées. Lorsque la météo me semblait favorable, je relançais le réveil d'heure en heure durant la nuit profonde. J'ouvrais un œil, regardais par les fenêtres ce qu'il en était. J'observais un instant, et si rien de plus prometteur n'apparaissait, je me rendormais dans l'attente de la sonnerie suivante.

L'une de ces nuits, j'ai ouvert les yeux dans l'obscurité. Le réveil avait dû s'éteindre peu auparavant. Le silence était total. Mon souffle dans le froid glacial de la cabane au cœur de la nuit, le crissement des draps raides au moindre mouvement s'en trouvaient amplifiés. Par la fenêtre, une lueur a attiré mon attention. C'était une lueur vraiment prometteuse. Je me suis levée et préparée en toute hâte.

J'ai immédiatement pensé aux couleurs que je devais emporter avec moi. Il est vertigineux d'anticiper, avec des couleurs matières, concrètes, un phénomène futur, improbable et insaisissable. Parce que c'est un spectacle inimaginable. Qu'aucun humain, aucune machinerie, ne pourront jamais égaler.

Une fois dehors, j'ai peint de manière automatique. Mes gestes à l'unisson de ce déluge chromatique. Je ne cherchais que la sensation, pas le rendu. Je savais qu'à la cabane, j'allais reprendre tout cela, mais dans l'instant je me suis abandonnée aux éléments, à la fantasmagorie qui se déployait tout autour de moi.

À l'atelier, le carton d'études était bien entendu inexploitable. J'ai sorti toutes les toiles disponibles et, depuis, je tente de fixer quelque chose du phénomène. Je dors à peine, oublie le plus souvent de manger, en tout cas je ne prends pas le temps de cuisiner quoi que ce soit.

Je barbouille, il n'y a pas d'autre mot, essaye des gestes, des combinaisons de teintes. J'ai la tentation de sortir du paysage, de me concentrer sur le ciel nocturne et rien d'autre. Mais je sais que ce sont aussi les montagnes, la neige, l'eau, qui donnent au spectacle nocturne cette intensité. Alors j'y reviens, l'intègre, structure finalement le tableau à partir de lui. Le paysage est aussi ce qui, par contraste, rend le mieux la dimension surnaturelle du phénomène.

En peignant, je fredonne des symphonies allemandes, accorde mes gestes aux séquences grandiloquentes, m'égare dans des compositions pompeuses, reviens au calme, tente de structurer la toile. Introduction, je commence par poser la montagne, précise, bruns des roches, neiges accrochées à l'obscurité, pentes offertes à une lumière supposée vive, blanche, mais très légèrement teintée de vert. L'eau du fjord ensuite, dominée par le brun vert, mais comme éclairée par en dessous de turquoises. Alors, l'ensemble s'organise, monte en puissance, et l'immensité de la toile est emplie du ciel bleu. Lézardé, à la verticale, de traînées vertes, jaunes, mauves, pourpres par endroits. Et — paroxysme — le blanc puissant éclate presque au centre, comme s'il crevait la toile pour se faire une place dans la matière. Il se répand un peu dans des verts qui tombent en flèche, donne des bleus rompus dans l'écran nocturne, il est la pièce maîtresse de ma composition. Je souffle.

J'ai réussi, je crois.

Je suis allée voir la procession du premier soleil, me faisant la plus discrète possible à défaut de pouvoir me rendre invisible. Ce culte n'est pas le mien. J'éprouve pourtant une émotion intense au retour de l'astre qui offre la lumière cruciale pour mon travail. Les familles samies se sont d'abord rassemblées dans la rue principale, comme pour se compter, avant de se mettre en route en un groupe organisé, soudé. Les hommes sont partis au-devant, avec les pelles pour dégager le sentier escarpé qui monte à flanc de rocher. À l'arrière, on installait solidement les personnes âgées sur des traîneaux. Et les chèvres furent tenues par une corde, elles qui, sans doute, jadis, ne redescendaient pas, sacrifiées.

Ils sont montés, pas à pas, pelletée après pelletée, concentrés. J'ai suivi de loin, un peu inquiète de rater l'instant de l'apparition. Malgré la lenteur de l'ascension, le dénivelé, les pieds qui s'enfoncent ou glissent, ils sont arrivés largement en avance sur le plateau. J'ai pu trouver un endroit, en réserve. Sur les visages, un mélange de gravité et de joie contenue. Même les enfants ne s'agitaient pas. Tous étaient tournés vers le sud, tous avaient le regard porté au-delà de la mer, sur la ligne précise de l'horizon. Midi sonnait et le ciel était d'un rouge presque sombre.

J'ai entendu leur murmure avant de voir se présenter une lumière intense. Le soleil tel qu'en lui-même. Il était bien entendu impensable qu'il ne soit pas au rendez-vous, ce 7 janvier. Et pourtant, ce fut une joie immense de le voir pointer. Une joie peut-être comparable à celle qui suit l'attente de l'être aimé, au moment précis où il descend du train par lequel il s'était annoncé, mais dont on doute toujours qu'il y était réellement embarqué.

Les larmes me sont venues. Une clarté perçait le ciel rouge. Un halo jaune doré a pris sa place. Il la gardera en ellipse, montant à peine au-dessus de l'horizon pour replonger ensuite dans la mer. L'été, l'ellipse est inversée, le soleil frôle l'eau sans jamais y sombrer.

Des nuages sont venus masquer le disque émergeant. Le gris s'est installé, il était certain qu'il empêcherait sa réapparition. Dans un même silence concentré, les habitants sont redescendus, impassibles. Les chèvres bêlaient doucement. En retrait, je les ai laissés passer, pour rester encore un peu, les yeux embués, saluer en solitaire le véritable premier jour de l'année. Seuls quelques regards à peine curieux m'ont été lancés.

Avant de m'engager à mon tour sur le sentier de la redescente, j'ai pris la ferme résolution de me remettre à l’étude du Store Molla, cette montagne qu’on aperçoit depuis la pointe, au nord de Svolvær. C’est ce travail que j’avais interrompu la fois où j’étais précocement revenue à Stockholm, à ta demande. J’en ai toujours porté le regret. Il y a dans ce sujet quelque chose qui me commande d’y retourner.

Demain, j’irai le voir un peu avant midi. Orienté vers le sud-est, il doit bien recevoir quelques-uns de ces premiers rayons solaires.

Hier a eu lieu le lancement de la campagne de pêche. Je me suis décidée tardivement à m'y rendre. Il ne restait plus d'embarcation disponible, toutes avaient été prises d'assaut. Et puis, je voulais être seule. J'ai fini par négocier avec un jeune fils de pêcheur, un peu simplet, qui semblait tenir sa petite barque comme un animal au bout d'une corde. Il est quand même parvenu à comprendre ce que j'attendais de lui — qu'il me conduise au pied de la colline qui m'offrirait le meilleur point de vue sur le départ.

J'ai atteint juste à temps le sommet. Les dernières embarcations, parties du port, rejoignaient la flotte de pêche alignée en travers du détroit, là où le fjord s'ouvrait vers la mer, vers les bancs grouillant de morues. Les bateaux de toutes tailles, de toutes formes, sur les ponts desquels les équipages se tenaient au grand complet, armés de perches, se pressaient les uns contre les autres dans un vacarme qui parvenait jusqu'à mes hauteurs. Peu à peu, ils se sont tassés, tassés, jusqu'à ne former qu'un seul pont, massif, d'une rive à l'autre, pourtant éloignées de quelque deux cents mètres. Une barrière immatérielle contenait l'excitation et la fureur qui agitaient les hommes, les bateaux s'alignant parfaitement en tête de la flotte. On aurait dit un radeau immense, agité, coincé dans le détroit.

Le signal fut donné. Qui n'a d'abord eu pour effet qu'une clameur décuplée. Les rames, les perches, frappaient ce qui restait d'eau entre les embarcations sans réussir à les faire avancer. Cris mâles, brusquerie. Des pelles de salage ont été brandies. Spectacle aussi effrayant que ridicule.

Puis, comme si son entrée en scène avait été programmée, le vent s'est levé. Les voiles se sont hissées. Un à un, des bateaux se sont élancés, décongestionnant l'ensemble. Les cris ont pris une tournure moins hostile, ils donnaient désormais des ordres et encourageaient les manœuvres. Les plus rapides se trouvaient déjà à plusieurs centaines de mètres. On les devinait qui lançaient leurs filets dans les eaux poissonneuses pour les remonter pleins à craquer.

C'est alors que d'immenses bateaux de pêche à vapeur ont remonté le fjord, stables et rapides, semblant avoir tranquillement attendu que le détroit se libère de son agitation folklorique, sûrs de leur vitesse et de leur capacité de pêche. Coup de balai sur la tradition millénaire, réduite au spectacle.

Quoique.

Des hauteurs, je distinguais encore les bateaux à voile typiques du Nordland, nombreux, variés. Mon pilote du jour, qui m'avait rejointe, en haut de la colline, s'est avéré plus malin qu'il n'en avait d'abord l'air. Il m'a appris à les reconnaître et à les nommer. Je répétais consciencieusement après lui. Fembøring, Treroring, Firroing, et, le plus petit, Kjeksen. Ce sont les plus vaillants de l'armada. De leurs ancêtres vikings, ils ont renié les proues ornementales. Volutes et têtes de dragons ont depuis longtemps sombré au fond des mers. Ils n'en ont gardé que les extrémités relevées. Cou allongé, poitrine effilée, lignes courbes et lisses de la coque en font malgré tout des héritiers directs des drakkars. Ils les rendent aussi élégants qu'efficaces, leur offrent de se mouvoir d'avant en arrière, de glisser sur la houle, gracieux et légers, même dans la tempête. Et leur voile rousse, puissamment gonflée, est le témoin du passé de cette pratique artisanale, archaïque et sauvage.

A surgi alors en moi, avec la radicalité des émotions qui y sont liées, l'image des gondoles vénitiennes. Ce sont les mêmes types de bateaux. Est-il possible qu'il y ait un lien ? Qu'un navire se soit autrefois échappé d'une armada antique en Méditerranée ?

Peu importe, la pensée avait trouvé une faille et s'y était engouffrée. Ont jailli de ma mémoire le flot des gondoles du Grand Canal, les processions extravagantes. La digue a rompu, je suis à Venise. Le jour de l'ouverture de la Biennale à laquelle je suis invitée, la ville entière se pare d'habits de fête. Le long des canaux, les hautes façades des palais tirent des guirlandes de tissus, tapis et armoiries, ribambelles de monogrammes, blasons, couleurs et motifs dont l'éclectisme et l'abondance même font unité. Par-dessus les toits, les drapeaux claquent sous l'effet d'une brise insoupçonnable pour qui est pris en bas, au cœur de cette agitation. S'élève progressivement des ruelles étroites la rumeur de la fête qui remonte le Grand Canal. Musiques désaccordées, cloches des églises éparpillées aux timbres ici graves et massifs, là aigres et répétitifs. Peu à peu, des centaines de gondoles, abusivement chargées d'une foule endimanchée, s'assemblent en une procession animée, exaltée.

Quand le tout commence à prendre forme, à s'harmoniser, des embarcations fabuleuses prennent la tête du cortège. Et revoilà un conte de fées. Surgies du cœur du Moyen Âge, elles convoquent à leur suite le *magnificent Bucintoro*. Il fallait à l'époque près de deux cents rameurs pour donner à ce colosse l'aisance et la grâce divine d'un navire dominé par le doge sur son trône. Lequel laissait tomber l'anneau d'or dans les eaux pour sceller son mariage avec la mer. Le pont supérieur couvert par un baldaquin, la proue baroque formée d'anges et d'écumes dorées à la feuille, c'était un palais et une église, le plus fabuleux des engins flottants, se détachant comme un monstre rugissant, rouge et or, dans une lagune étale, aux déclinaisons tranquilles de bleus et de gris.

Depuis le Grand Canal, des centaines de bateaux des Vénitiens, vestiges du *Bucintoro* et de sa suite, embarcations municipales et même escortes policières s'engagent dans le San Marco pour rejoindre les Giardini. Je suis embarquée sur la gondole des artistes invités, venus de partout en Europe. J'en connais quelques-uns, dont Walter Crane. Richement vêtus, comme dans les illustrations de ses contes, nous sommes tout à cette fête, cette excitation.

J'y fais la connaissance de ce comte italien, sculpteur, qui, dans un anglais audible, s'enthousiasme pour mon récit des Lofoten, et plus tard pour mes peintures. Au point de débarquer quelques mois plus tard à Svolvær avec sa toute jeune épouse, Miranda, transportée par la promesse d'une lune de miel aventureuse et qui se retrouva à pleurer toutes les larmes de son petit corps gracile une fois plongée dans l'ambiance des usines à poisson du port, prostrée dans sa chambre d'hôtel avec ses tenues de gala et son équipement d'explorateur arctique en désordre, les uns comme les autres rigoureusement inutiles pour un été sous ces latitudes.

Ce fut divertissant de les avoir quelque temps. Mais enfin, dès l'été suivant, nous nous enfuîmes en barque avec des planches et des outils pour nous construire un nouvel abri saisonnier, dans l'espoir d'éviter de nouvelles visites subies. Là, je vécus avec toi des heures d'insouciance, une joie rebondie qui s'étalait tout le long d'un jour ininterrompu.

Nous nous suffisons.

Les peintures des aurores boréales finissent de sécher, et j'en suis assez satisfaite. Elles ne parviendront pourtant pas à marquer suffisamment les esprits. Il me faut quelque chose de plus ample, nerveux. Conquérant. Alors, j'ai décidé de prendre part à la pêche pour m'intéresser de près aux bateaux. L'année nouvelle me donne des envies d'action.

Il n'a pas été simple de me faire embarquer sur un navire. Les femmes y sont interdites. Selon des croyances obscures, elles porteraient malheur. En réalité, la plupart des pêcheurs pensent surtout que les femmes se lamentent, qu'elles vont passer leur temps à vomir et à implorer un retour prématuré au port. Et que ce n'est pas leur place, tout simplement. Jakob, le jeune propriétaire de la barque, m'a servi d'intermédiaire. Mais les négociations ont été âpres. Il a dû faire valoir que j'étais, certes, une femme, mais en pantalon. Bon. Elle fume des cigarettes. Oui. C'est une artiste. Et? Eh bien elle pourrait par exemple peindre votre bateau, cher Olsen.

Imaginez qu'elle en fasse une toile phénoménale et que celle-ci se vende au pape — car elle l'a vraiment rencontré, ses tableaux sont connus jusqu'à Venise.

Le pape et cinq couronnes à la journée ont eu raison d'indéboulonnables traditions. J'ai donc embarqué sur un navire Olsen dès le lendemain matin.

Le premier jour, la mer était calme, le temps clément. Les marins effectuaient leurs manœuvres avec autant de décontraction que si le bateau était ancré dans la terre ferme. Nous n'avions pas encore dépassé le phare que moi, en revanche, je voyais déjà mes pinceaux voltiger, incapable de rester stable sur mes deux pieds, même appuyée au mât. J'ai tout rangé, et sorti mes yeux pour seul outil. L'air était presque doux, la brise marine plus caressante que cinglante.

En pleine mer, ce fut une autre histoire, mais mes fourrures me protégeaient. J'observais les marins, leurs rudes visages barbus, déjà ridés, qui semblaient avoir tout traversé. Leurs manières entre eux. La façon dont ils surveillent la concurrence qui navigue côte à côte, à l'approche du grand fond.

Des nuages de mouettes servent de signal. Car leur correspondent en symétrie, dans l'eau, des bancs de poissons. Pour traquer l'animal sous-marin, on surveille l'aérien. Là, dans les fonds abyssaux, se trouve tout ce qui fait la renommée des Lofoten. Palangres de centaines d'hameçons. Filets de dizaines de mètres. Et le tout est remonté, chargé d'énormes morues.

Une fois les poissons déchargés, triés, entreposés dans des caisses, j'ai suggéré aux hommes de prendre une pause. J'avais apporté du café dans une bouteille thermos. Et, bien entendu, une flasque d'eau-de-vie. Ainsi que des biscuits à tremper. Sans attendre un consentement explicite, j'ai fait ma petite distribution, telle une dame patronnesse. J'ai eu bien du mal à réprimer un sourire lorsque la voix rugueuse du capitaine a sifflé, entre ses dents, que ça pouvait avoir du bon, une femme sur un bateau.

Durant ces premiers jours, j'ai donc tenu mon rôle d'aimable passagère, alors qu'au-dedans l'artiste observait autant que possible, tâchant d'inscrire ces scènes dans sa mémoire visuelle. Le soir, de retour à l'atelier, je prenais des notes rapides sous forme d'esquisses, directement à la gouache sur papier.

Mais, à force d'être sur le navire, je ne voyais que peu des bateaux eux-mêmes. Or, ce sont eux qui m'intéressent, leurs lignes, leurs couleurs, finalement plus que les hommes. Un soir, de retour au port, ils m'ont prévenue qu'ils feraient le lendemain une navigation plus longue, et qu'une ou deux nuits en étape étaient prévues. Imprudemment, j'ai accepté. Le soir même, en remontant le port en direction de Fyrö, vers notre cabane, préoccupée par cette décision, je me suis frayé un chemin dans son effroyable surpeuplement de marins arrivés du monde entier, levant les pieds au-dessus des cordes et des caisses d'anchois en conserve. De l'intérieur des tentes perçaient des rires de femmes, et des gémissements. Parfois des cris. Plus tard dans la nuit, le sang coulerait, sans aucun doute.

Le lendemain soir, après une journée entière de pêche, nous avons donc amarré le bateau dans un port qui ressemblait à celui de Svolvær en miniature. C'était exactement la même atmosphère, la même puanteur émanant des innombrables têtes de morue pourries. Les déchets des poissons recouvraient le sol en couches épaisses. Les chemins censés nous en préserver traçaient les sillons d'une boue profonde et collante.

Un marchand, seul responsable du port, a accepté de mauvaise grâce de recevoir pour la nuit « l'idiote de femme en pantalon ». Il n'y avait qu'un endroit pour dormir, le banc en bois du bureau derrière le magasin, et c'était le sien. Il n'a pas eu d'autre choix que de me le céder et de s'allonger par terre sur un tapis, dans la boutique.

Mais le bureau était tout sauf une chambre paisible car, pendant la saison de pêche, le marchand devait le garder ouvert jour et nuit pour les pêcheurs. Avec quelques légers déplacements de meubles, ainsi que l'ajout d'un tissu en paravent cloué à la hâte, j'ai pu rendre la chose acceptable. Lorsque j'ai voulu ouvrir les fenêtres pour chasser l'odeur pestilentielle, un amas de guano, qui en était certainement la source même, en bloquait les montants sur vingt centimètres. J'y ai vécu l'une des pires nuits de ma vie, me réveillant cent fois, haletante, la gorge écorchée, cherchant inutilement à reprendre ma respiration dans cet air vicié. Dès le lendemain matin, j'ai saisi l'occasion du passage d'un vapeur et je suis rentrée directement à Svolvær.

Fini la navigation, je reste au port. C'est mon poste d'observation du moment.

Au premier plan, j'observe les barques à rames, bondées de pêcheurs étrangers. Derrière, les hauts séchoirs à potences que des morues décapitées chevauchent par paires. Leurs lignes arachnides forment de longues traînées, grimpent sur les talons rocheux.

Au retour de la pêche du jour, tout et tout le monde se trouve luisant de sueur, d'écume et de sang : ponts, cordes, visages, suroîts, absolument toutes les surfaces sont recouvertes d'une laque gluante. Eau du port comprise, eau venue de la mer, pure à son entrée dans le bassin industrieux, et qui s'agite mollement sous les corps lourds des bateaux.

À ce moment-là, j'aime mieux être dans ma propre barque, celle que j'ai louée à Jakob, à fleur d'eau, près de la ligne de flottaison des voiliers. Leur masse, les axes obliques dessinés par les mâts de beaupré structurent mon regard. Drisses, balancines, haubans, bouts, tous ces termes appris lors de mes journées sur le navire Olsen désignent les lignes que je m'efforce de tracer sur mes toiles. Elles forment un quadrillage bancal, lacérant mes ciels gris de traces sombres. Parfois, je me tiens sur la terre ferme, un peu en retrait du port. Mes jambes, mon équilibre, se retrouvent en terrain connu, je peux travailler plus posément. Ce sont alors les mâts, les flèches qui hérissent ma composition de leurs traits obliques.

Un orage s'annonçait un matin, je me suis hissée sur les hauteurs du port, et j'ai distingué, impuissante et interdite, les bateaux partir en mer sous un ciel noir et lourd, secoués par les flots, quand les rochers auprès d'eux recevaient de plein fouet les courants violents. J'étais à la fois soulagée d'être en sécurité et terriblement envieuse de me trouver au cœur des éléments, auprès des hommes revêches. J'ai alors peint plusieurs cartons, avec ardeur.

En navigation, les bateaux se découpent sur fond de mer ou de ciel. Ici, ils sont toujours confrontés à la roche, au mur des Lofoten. Selon certains angles de vue, le Fløyfjellet les enferme abruptement. Selon d'autres perspectives, ce sont les maisons des pêcheurs et des hangars qui leur servent de toile de fond. Dans la faible lumière des jours actuels, le contraste est mince entre sujet et arrière-plan, même si les formes des maisons sont davantage rectangulaires que les coques. Mais enfin, les uns comme les autres sont faits de bois peint. Les jeux de couleurs tendent alors vers une harmonie. Tandis que la roche est toujours une confrontation. C'est l'élément le plus opposé qui soit au liquide marin, physiquement comme esthétiquement. Celui qui repousse durement les bateaux, les brise, alors qu'une rive herbeuse peut bien accueillir une barque délaissée.

Il est tombé quelques centimètres de neige. Les sommets se parent d'étendues blanches qui ne les recouvrent pas encore entièrement mais soulignent leur volume, et accrochent les rares rayons solaires. Peu à peu, le paysage aimante mon regard et détourne mon attention des ports.

Est-ce que je ne me suis pas précipitée trop rapidement vers le motif des bateaux ? Je prends conscience qu'il n'est pas à la hauteur des ambitions que j'ai mises dans cette campagne. À vouloir rattraper le temps, j'en ai encore perdu. Et puis, il y a toi qui m'attends, et m'implores, maintenant que tant de semaines ont passé. Sensation de gâchis. Je le sais, pourtant, que je dois laisser la création mûrir.

Il me faut un grand tableau. Je dois retourner au paysage.

Voilà maintenant qu'il fait trop mauvais pour sortir. Tempête de neige. Chaos d'une blanche obscurité. Provisions de bûches, poêle poussé à fond. Je passe des heures devant sa gueule rougeoyante, le regard flou, étreinte par une culpabilité rampante.

J'essaye de m'apaiser, de lire, pour faire retomber ma tension nerveuse. Mais au bout de quelques lignes à peine je me lève, tourne en rond dans la cabane. Je laisse alors les souvenirs affleurer, m'y accroche comme à des dérivatifs de mon anxiété. Et si je n'y arrivais pas ? Si tout ce temps, cette énergie, n'avaient servi qu'à produire des toiles déjà vues ?

Je vérifie chaque jour davantage le principe de polarisation de ma pensée. Plus il fait froid ici, plus je suis pressée d'aboutir, et plus je replonge dans nos voyages méridionaux, remonte la route du Levant. Et le poêle est ce gouffre qui précipite mes souvenirs.

Aujourd'hui, j'ai ainsi passé des heures en Inde, tout en arpentant vainement le petit espace de l'atelier. Je n'irai sans doute pas tellement plus loin. Pas plus loin dans le dépaysement, dans la moiteur, l'intensité des odeurs, des couleurs, des mouvements. Un voyage dans le sous-continent pourrait à lui seul combler tous les désirs de voyage, toutes les connaissances du monde. Plongée dans l'agitation frénétique des temples, immergée dans la foule des rues, j'ai eu tant de fois l'impression vive de me trouver dans le creuset de l'humanité.

Mais c'est plus profond. Une radicalité. Une impudeur ? À moins que ce ne soit un autre rapport à l'espace commun ? Mais des nudités, de la maladie, des mutilations, des cicatrices, des corps qui se lavent, qui défèquent, qui dorment, qui mangent, jamais je n'en ai vu autant, si proches, si exposés. La chaleur, ou la moiteur, aidant, cette manière de se vêtir de voiles à laquelle j'ai été poussée, avec les saris, m'a fait ressentir mon propre corps comme jamais auparavant. Je suis de ces femmes qu'on a dressées au corset. Libérer son ventre, comme il est si courant là-bas, n'est pas un petit geste. Et pourtant, en tant que membres de la délégation royale, nous étions tellement tenus par les conventions.

L'Inde ne se visite pas à distance raisonnable, elle s'insinue en vous, par tous les pores de votre peau, si flasque et pâle soit-elle. Le sud du pays vit encore dans mon souvenir comme un ensemble où le minéral, le végétal, les senteurs, les couleurs deviennent matière, où tout est puissamment organique. Les fleurs se donnent à manger, les parfums à malaxer, les huiles tachent, les décoctions pourrissent.

Le temple hindou incarne une vision de l'enfer où tout ordre est inversé, ou bien exacerbé. Le sol est si gras, si noir, que j'ai failli tomber à chaque pas, bousculée, abasourdie par tant de monde, de marchands, qui s'insinuent dans les espaces les plus sacrés, de bruits, de musiques stridentes, les cloches, les cris, les visages pâmés des croyants, les ribambelles d'enfants qui ne prennent, eux, rien au sérieux, la foule, l'agitation, constantes, à n'importe quelle heure du jour ou de la nuit. Je n'ai rien compris à l'Inde. Rien. Et je n'ai rien tant adoré qu'y être ballottée, éreintée dans mes certitudes. Il est certain que les missionnaires y perdent leur temps. Ce pays n'entrera jamais en chrétienté, jamais.

À la suite du prince héritier, nous avons eu l'occasion de voir un certain nombre de lieux qui, pour le commun des mortels, restent secrets. Des portes s'ouvraient pour la première fois à des Occidentaux, derrière elles se dressaient des idoles grimaçantes, des cérémonies occultes, des sculptures hors d'âge nimbées de silence. Des princes ont mis à notre disposition leurs palais, leurs serviteurs et leurs éléphants pour des galas princiers, banquets raffinés du Rajasthan. De tous ces lieux extravagants dont nous avons été les invités privilégiés, le plus dépouillé s'est profondément inscrit en moi. Dépouillé, pour cause, il s'agit du palais des Vents. Une haute bâtisse, vide, percée de mille ouvertures. Je ne te l'ai jamais avoué, mais là, j'ai eu envie de me remettre à l'écriture d'un livret d'opéra. À l'abri d'une de ces niches s'ouvrant sur l'extérieur par un entrelacs sculpté, le visage caressé par la brise chaude aspirée par le claustra, j'ai, en quelques minutes à peine de liberté que m'avait laissées la visite de la délégation royale, esquissé un nouveau récit dans les méandres de mon imaginaire le plus intime.

Une jeune comtesse anglaise enlevée par des navires ottomans, revendue à plusieurs reprises, bien trop précieux qui brûle les mains des pirates, intègre finalement le harem du maharaja. Là, en signe de contestation, elle se replie, s'affame, est rejetée par les autres femmes. Un jour, elle réussit à fuir et s'enferme dans une haute tour, menace de s'en précipiter au-dehors. Et le fils du raja, qui sait l'anglais, vient lui parler sur le pas de la porte. Une fois, puis repart. Il revient. Lui dit des poèmes classiques. Elle répond par des chants mélancoliques élisabéthains. Le prince s'installe sur le palier. Lui fait servir des mets raffinés. Un jour, la porte s'ouvre à lui. Ils se trouvent vite unis par leur passion commune de la poésie et du chant. Elle devient la première maharani blanche.

De retour à Stockholm, toute cette histoire redevenait plate, ridicule et mièvre. Orientaliste, pourrait-on me dire. Là-bas, dans les alcôves aux caresses invisibles, elle m'avait aspirée toute. La photographie de la façade du palais des Vents prise par son altesse le prince héritier est la seule que je garde toujours dans mes papiers. De souvenir, l'Inde est devenue un fantôme agité qui vit en moi. Parfois obsédant.

Enfin ! Ce matin, c'est le silence et une blancheur formidable qui m'ont éveillée. J'ai dormi d'un sommeil profond, ourlé de la douce et sourde pluie de neige. Une nuit ouatée. Près d'un mètre est tombé. Et la lumière timide, par-dessus, est apparue, créant une atmosphère de légère opacité, mais d'une réelle clarté. Quand je pense qu'à la même latitude, en Laponie, il doit faire moins vingt degrés, ici, le thermomètre reste proche de zéro. Lumière vive, clémence du temps, conditions idéales pour peindre.

Comme un animal sauvage soudainement libéré d'une trop longue captivité, je me suis précipitée au-dehors, en courant, presque dépenaillée par la hâte, le matériel de peinture brinquebalant, les raquettes à peine ficelées. Et je suis donc tombée dans la neige profonde, étalant toutes mes affaires. Mais que c'est délectable, cette seconde par laquelle on s'enfonce dans une poudreuse qui enrobe sans résistance. On pourrait y rester à jamais, dans cette seconde. Un évanouissement.

L'excitation de la peinture a toutefois vite repris le contrôle de mon cerveau. J'ai tout rassemblé, me suis époussetée, ai noué bien serré mes raquettes. Levant le nez, fascinée, j'ai contemplé le moelleux rebondi de la plaine, la cotonnade légère et bouffante de la neige accumulée sur les rares et fines branches de végétaux qui en perçaient. Au loin, les monts dressaient leurs crêtes noyées sous des vagues onctueuses de poudreuse, comme nimbées de vapeur.

Je n'ai pas eu à aller très loin, simplement en face du Fløyfjellet. Tout y était admirable, radicalement pictural. L'endroit fut choisi dans la foulée, le bord du fjord, la montagne, notre montagne, devenue singulière sous la lumière oblique, encore rose, du jour évanescent. Je n'avais que mes petits cartons mais tout était là, à portée d'yeux. Alors j'ai peint avec sérieux, avec intensité. Avec exaltation. Le bleu métallique des pentes du nord affrontait le rose doucereux de celles s'étalant au soleil. L'ocre affleurait certains volumes, presque radiant. Tout cela donnait une bataille sur mon carton, les couleurs se mêlaient, se gardaient, les unes aux autres, les unes des autres. Tracés frénétiques, où le blanc domine, mais teinté, piqué des autres nuances. Des touches appuyées qui viennent déposer leur excès de peinture, dévoiler, érafler une sous-couche, ourler de leur contraste la couleur opposée. Ici et là, j'ai laissé leur union, le mauve, affleurer. Mais c'est de leur confrontation que se sont créés les volumes, ou leur illusion.

Enfin apaisée, car ces gestes presque furieux avaient finalement constitué un petit tableau tout à fait honorable, je me suis intéressée à la surface du fjord. Encore liquide, mais lourde, tout près de se transformer en glace, l'eau avait gardé sa capacité de réverbération, miroir vif, étale. Les rives modestement habitées, un bateau, ont ancré le paysage dans un territoire alors qu'un ciel pâle le bordait et le tirait, paisible, vers l'infini. J'en ai tracé l'espace uniforme un peu paresseusement, en longues traînées qui bordent les pics, comme pour achever la redescente de mon petit opéra pictural du jour.

En rentrant vers Fyrö, je me suis rendu compte que je m'étais refroidie à rester immobile. Pour me distraire de cette sensation, je me suis alors récité la liste de toutes les choses qui donnent de la chaleur. Une tasse de thé aux mûres arctiques, un rayon de soleil à travers la vitre givrée, le creux d'un coussin tout juste laissé par un chat au sortir de sa sieste, un châle qu'on vous dépose par-derrière sur les épaules, ton regard sur moi quand tu me photographies.

J'ai pensé, aussi, en cet instant, à ma désastreuse expérience du hammam. Car qui vous enrobe mieux d'une chaleur intense que la vapeur d'eau ? Toutes sources d'eau chaude ; infinies voluptés. Je m'y étais aventurée, seule, un matin de notre voyage de noces. La porte passée, au bout d'un couloir sombre et étroit, derrière un épais rideau de laine, je découvris une cour bordée d'arcades sous l'ombre desquelles se tenaient, alanguies, nonchalantes, sur des coussins et des tapis, des femmes occupées à jouer, à fumer. Au centre trônait une fontaine au son délicat, bordée de plantes grasses.

Mon arrivée perturba très vite le calme et la sérénité des lieux. Des petits cris de surprise, un léger tumulte, la tension de visages qui se couvrent. Une solide matrone est venue vers moi d'un pas décidé. Me demandant ce que je voulais, elle suspendit l'agitation : on écoutait ma réponse. Je déclarai simplement vouloir prendre un bain. Tout le monde sembla se détendre, les conversations reprirent. Après avoir prétendu que l'accès n'était pas autorisé aux femmes occidentales, elle me conduisit finalement vers l'intérieur, mon billet serré dans le creux de sa main.

Traversant une succession de pièces de plus en plus chaudes, je crus pénétrer un tableau de Gérôme. Des femmes aux carnations variées habitaient ces espaces, molles mais concentrées sur leurs gestes, les corps luisants, elles reposaient sur des tapis, ou bien se baignaient avec lenteur dans un bassin à l'eau noire. Poussée dans la pièce brûlante, humide, à la puissante odeur d'eucalyptus, je fus saisie de vertige. Je n'étais pas préparée à cela. J'étouffais. Je ressortis précipitamment, m'habillai en hâte et traversai la cour en sens inverse, sous les regards à peine surpris des femmes. Encore une Occidentale aux nerfs fragiles qui s'était donnée en spectacle. L'après-midi paisible pouvait reprendre son cours.

Mais aujourd'hui, revenue au confort et à la tranquillité de la cabane, je donnerais n'importe quoi pour connaître la langueur, sérieuse et secrète, du hammam oriental. Je laisse la bouilloire siffler et emplir la pièce d'une vapeur conquérante. Rien ne m'apaise plus que l'eau chaude. Celle du thé, celle du bain.

Tu me manques.

Je ne t'ai pas écrit depuis des jours. Tu as compris pourquoi, je suppose ? Les formidables chutes de neige font que je ne me laisse aucun répit. Je peins et c'est tout. La cabane est dans un désordre fou. Tout juste si je peux y pénétrer sans avoir à repousser des affaires abandonnées au sol. Mais cela n'a aucune importance, ne compte que ce qui se dépose sur mes cartons, puis sur mes toiles.

La neige est d'une qualité rare, recevant au cours des maigres instants du jour toutes les nuances, toutes les surprises de la lumière diffractée par l'atmosphère. Tant de roses, de bleus, d'orangés. Il me faut travailler dur pour pénétrer toutes ces variations du blanc. Je suis constamment insatisfaite.

Les achats que nous avions faits chez Sennelier, à Paris, se révèlent des trésors. Les huiles blanches, en particulier, montrent une grande profondeur et beaucoup de subtilité. Le blanc de titane est bien opaque, assez chaud car il tire sur le jaune avec lequel il s'accorde parfaitement pour figurer la neige baignée de rayons solaires. Le blanc de zinc, lui, se révèle un peu moins dense. Mais il s'en dégage une fraîcheur délectable. Il a ma préférence pour la peinture des pentes montagneuses baignées par d'épais nuages. Le blanc de perle est séduisant, avec sa transparence et surtout ses effets de nacre. Mais il est trop sophistiqué. Finalement, c'est peut-être le blanc mélangé qui s'avère le plus pur, enfin, disons le plus neutre. C'est un blanc ni froid ni chaud, qui ne tire vers aucune autre teinte. Remarquable d'intensité négative, en somme. Il m'évoque la couleur des cygnes.

D'ailleurs, j'ai eu la tentation de refaire une expédition au fjord des cygnes chanteurs pour l'unique plaisir de tester sa teinte. Parfois, je doute de la réalité de ce que j'y avais vu ce jour-là, l'un des tout premiers hivers que je passais aux Lofoten. Un espace au creux des montagnes, baigné par le Gulf Stream, qui empêche la transformation de l'eau en glace, et cette colonie de cygnes qui, au lieu de voler vers le sud, reste à tirer des rives les herbes marines leur servant à se nourrir mais aussi à nourrir les quelques vaches de l'unique petite ferme qui borde la pièce d'eau.

Loin de l'anecdote, de l'invraisemblable de la situation, ce fut d'abord une vision, une sorte de fantaisie arctique, les oiseaux se distinguant à peine des abords enneigés. Mais le blanc de leur plumage est un blanc mat qui ne concède rien, à aucune autre couleur. Un blanc fantasmatique.

Je pense encore à Monet. Cinquante ans après *La Pie*, je cours toujours après son génie. Ses neiges sont certes tristes, presque sales, sous leurs ciels infiniment et indéfiniment gris. Mais enfin, je cherche à convoquer le souvenir de cette toile, de son invraisemblable tapis neigeux et à répondre à tant de questions : quels blancs purs applique-t-il dans les touches ultimes ? Comment ce mauve-bleu-gris-vert peut-il à ce point restituer la froideur métallique, extrême, de l'ombre dans la neige ? De quelle manière l'ocre réussit-il à percer le blanc ? D'où viennent les nuances de rose, quasiment indécelables ? Et cette lumière vive, intense, éblouissante, peut-elle vraiment naître sur la toile, reflets d'un soleil voilé qui vient se poser sur les dernières touches du blanc ?

Mais je suis loin, surtout par le temps, de mon observation du tableau. Et je ne sais plus si c'est moi qui extrapole une difficulté réelle ou si le souvenir a façonné un impossible. Pourtant, je me remémore avec précision mes réflexions d'alors.

Voilà donc ce qui m'accapare. La couleur et la matière quand je suis au-dedans, le blanc et la lumière quand je me trouve au-dehors. Je ne parcours plus de grands trajets. Dans les salons de Stockholm ou de Paris, on me dit — on me moque — grande aventurière, du fait de mes séjours solitaires en zone arctique. Peu soupçonnent à quel point je suis devenue casanière et n'évolue que dans un périmètre restreint. La neige autour de la cabane pourrait presque me suffire, du moment qu'elle reçoit les rayons solaires. Je m'aveugle à scruter les pentes enneigées, les variations dues à leur exposition, au parcours de l'astre. Et aussitôt après, je pense que je dois me détacher de l'observation stricte, travailler sur la sensation, sur l'impression produite. Alors je retourne à l'intérieur et je travaille encore.

J'ai, ce matin, fait une expérience intéressante. Sortie avec tout mon attirail juste avant l'arrivée du soleil, j'avais l'intention de saisir quelque chose du bleu-gris du paysage dans le court intervalle du jour naissant. Le manteau neigeux est réellement délectable ces jours-ci : épais, moelleux, il unifie, recouvre rigoureusement tous les accidents de terrain, abris, crevasses, arbustes qui parfois entachent la pureté du blanc. Les températures négatives donnaient une opacité franche au brouillard matinal. J'avais donc sous les yeux une authentique variation en blanc et bleu. Mais alors, comment rendre les reliefs ? Chargeant le bleu, jouant des tracés, j'ai tenté de rendre des effets de volumes, mais ce n'était pas convaincant. J'ai alors eu l'idée d'utiliser la mine de plomb sur la gouache séchée. J'ai souligné les contours des montagnes, accentué les replis et les gouffres de traits répétés, appuyés. Un peu lâchés, brouillons. L'effet était tout à fait neuf, et stimulant, en ce qu'il rendait tout son éclat au blanc-bleu. Puis, lentement, le soleil a émergé. Et tout mon champ d'observation, cette pure expression du froid et de la neige, s'est alors trouvé teinté d'un jaune léger. Puis d'un rose de plus en plus intense, au-delà des sommets. J'ai sorti les tubes de peinture à l'huile restés dans ma sacoche. Repassé le ciel gris d'un rose pâle, ourlé les gonflements des reliefs, attaqué à petits coups de brosse verticaux l'eau figée de reflets jaunes. La première couche, les traits à la mine de plomb, accrochant la surface ont gardé ce toucher brut des études, alors que mes ajouts à l'huile donnent un aspect fini, velouté. L'ensemble n'est ni une étude, ni une toile achevée, et pourtant il me satisfait totalement. Inachevé et sophistiqué.

Se lancer dans la peinture avec urgence sans en connaître les moindres rudiments fut difficile, à mes débuts. J'ai souvent eu le sentiment de perdre pied. J'ai cru que je n'arriverais jamais à rendre quelque chose du regard que je portais sur les paysages. Il m'a fallu du temps avant de maîtriser tout à fait la technique des couleurs. Mais je me suis formée pour ce but. Comme un palais se forme pour une langue et pas une autre. Je mesure à présent la force qui est la mienne d'avoir, peu à peu, dû trouver des solutions face à un territoire déterminé. Pas en passant des années dans des cours ou des ateliers. Ici, aucune heure de peinture n'aura jamais été inutile. Mes productions de cet hiver me permettent de mesurer à quel point cette approche a pu servir mes projets.

Près du port, l'autre jour, le vieil homme à qui j'avais offert l'an dernier une petite peinture sur carton de la vue de la mer depuis Fyrö m'a hélée sur le pas de sa porte. M'offrant un verre de son eau-de-vie, il m'a fait un aveu en me désignant tour à tour la fenêtre et le carton modestement encadré : « Cela fait cinquante ans que j'ai ce paysage sous les yeux. Depuis que votre peinture est accrochée à mon mur, je ne le regarde plus de la même façon. C'est comme si je le redécouvrais chaque jour. » Aucun papier d'aucun critique d'art ne pourra jamais me combler comme ces mots simples ont pu le faire dans l'instant.

Malgré cette activité, mon cerveau accaparé, j'ai repensé à notre campement estival, à notre aventure, à cette année où nous voulions éviter les visites. Je m'étais dit alors que nous vieillissions, que nous ne supportions plus rien. S'enfuir de Svolvær et de notre cabane avec des planches, des clous, du papier goudronné et nos sacs de couchage parce qu'il y avait trop de monde au port, trop de visites, c'était un peu comme fuir un désert dans lequel on ne souffrirait plus les chameaux. Mais peu importe ce qui nous y a conduits, notre expédition en milieu familier, dans la facilité de l'été, m'a apporté une telle douceur. Camper dans ce fjord reculé, notre cuisine à l'air libre, tout juste un toit que nous nous étions fabriqué pour dormir au sec les jours de pluie, notre canot pour seul lien avec le reste du monde. La pêche miraculeuse dans les eaux pourtant comptées que nous avions à notre portée. Tes explorations dessinées. Nos marches sur des tapis de fleurs et de fruits que nous osions à peine fouler tant ils étaient riches et beaux. Nos confidences intimes et solennelles jamais interrompues grâce à l'absence de nuit... Et ce silence, ce silence seulement perturbé, à l'arrivée du soleil sur l'herbe grasse de l'adret, par les milliers de mouches qui s'éveillent.

Ici, le silence est assez contraint, surtout à l'intérieur de la cabane, quand je suis seule. La musique commence sérieusement à me manquer, ou plutôt manque en moi, alors même que nous avons eu dans l'archipel un ancien virtuose. À quelques hasards près de la vie, j'aurais pu aller en peu de mouvements de rames écouter le son d'un stradivarius.

Ce fut une rencontre des plus singulières, cet été-là. Tu étais resté à dessiner sur une plage que nous venions de découvrir. Je me promenais au hasard des sentiers en surplomb. Ce qui se passa plus haut, la rencontre avec le musicien à l'intérieur d'un chalet, tu ne le soupçonnas pas, sur le moment.

Des notes aiguës me parvinrent d'abord en des sons indistincts, tel un fumet à la réalité duquel on n'ose croire alors qu'on arpente un territoire désert. Au bout de quelques instants, malgré le vent, ce fut bien une mélodie qui devint perceptible, enfin, une musique. Plaintive, bien sûr, c'était celle d'un violon. Je me souvins alors des rumeurs entendues plus tôt, sur le port. Celles qui évoquaient un étranger musicien, échevelé, qui parcourait le monde et ne revenait que rarement dans son chalet, où une femme passait son temps à l'attendre, dans un terrible dénuement. Défiance et fascination s'entendaient tour à tour dans les ragots. Ils se matérialisèrent à l'approche du chalet, dont la porte ouverte laissait paraître une femme courbée sur son ouvrage et, au fond de l'unique pièce, un vieil homme affalé sur un fauteuil, un violon gisant à ses pieds. Les épaules de la femme étaient couvertes d'un châle, et je vis immédiatement qu'il s'agissait d'une étoffe fine, sans doute rapportée de Perse. Mais tout, autour d'elle, sentait l'abandon et le délabrement. Aucun des deux ne répondit à mon salut. L'homme finit par se lever, et me toiser. Vieux lion négligé, dégradé. Et puis je vis ses mains. Des mains de violoniste, donc. Pâles, fines, aux longs doigts déliés. Je dis que j'étais musicienne moi aussi, à mes heures. Rien ne frémit en lui, mais le regard était intense. « Je n'ai pas reconnu ce que vous jouiez à l'instant », hasardai-je. Peu à peu, son regard devint plus flou, puis il s'énerva, bousculant du pied le violon resté à terre : « Que voulez-vous jouer avec un bout de bois pareil ? »

Ramassant l'instrument pour le sauver d'un désastre, je répondis nonchalamment : « C'est sûr qu'il ne ressemble pas exactement à un stradivarius. » Qu'avais-je dit ? Il entra dans une agitation extrême. Comment osais-je prononcer ce nom ? C'était un nom pour les grands violonistes, et eux seuls. Celui qui avait joué d'un stradivarius était malade de n'avoir qu'un banal violon à faire vibrer.

Je compris qu'il avait été lui-même un grand maître, affirmant s'être produit pour des empereurs et des princes. Il se sentait leur supérieur quand il avait l'archet en main; il était un dieu. Tous les sons célestes et les chants de rossignol, toute l'angoisse et toute la passion résonnaient quand son archet les étreignait. Dans l'ivresse d'une nuit tumultueuse, il avait frappé son stradivarius sur sa propre tête, et l'avait détruit. « J'ai tué mon stradivarius. »

À ces mots, la pathétique créature se jeta, ou tomba, sur le lit, le corps secoué de spasmes. Pleurait-elle ou riait-elle ? S'agissait-il d'une performance ou d'une véritable explosion émotionnelle ? Le mélodrame se transforma en tragédie lorsque le désespoir, réel ou feint, du bonhomme culmina dans une horrible crise de toux et d'étouffement. Le linge que la femme lui tendit fut vite taché de sang...

L'attaque était terminée. Épuisé, le malade gisait à moitié couché, son visage pâle comme le cadavre d'un animal sauvage abattu par un braconnier.

Ses yeux hagards suivirent la femme. Elle tâtonna sous le lit pour attraper un étui à violon très usé. Dans le couvercle se trouvait encastrée une élégante plaque de métal. La gravure était assez nette : « N. P. – 28 avril – 1812 ». J'ouvris précautionneusement le couvercle : dans la boîte gisait un violon écrasé. Une étiquette jaunie collée à un petit fragment du corps. Je lus à faible voix : « Antonius Stradivarius Cremona Fecit 1719 ».

Quand je te retrouvai au-dehors, dans l'éblouissante clarté du jour, tu continuais à dessiner tranquillement sur la plage. À mesure que je te racontais la rencontre, je doutais moi-même de sa véracité.

La musique manque en moi, physiquement. Et ce n'est pas un phonographe qui pourra la ranimer. J'ai un désir intense de concert, de beauté, dans une acoustique irréprochable. Un quatuor, Schubert peut-être ? Ou bien une tonitruante symphonie ? À mon retour à Stockholm, je braverai mes réticences esthétiques pour pénétrer le sinistre bâtiment du Concert Hall et j'irai me gorger de la première représentation venue. Pour l'assoiffée que je suis, ce sera un geste de sauvetage.

Je suis revenue aux études pour la peinture du massif du Store Molla. Je sens que c'est le grand sujet que je cherche confusément depuis que je suis ici. Et pourtant, je n'ai plus qu'un seul châssis de qualité qui convienne. Aucun droit à l'erreur, donc.

Il mesure un mètre quatre-vingts de large. La taille d'un homme couché pour peindre une montagne. Le cadre tendu m'attend sagement, rangé sous le lit, pendant que je rapporte de jour en jour de nouvelles études sur mes cartons. Le bleu y domine.

Une eau sombre me sépare de la montagne aux mille nuances de blanc. Le ciel joue de ses variations.

Je vais chaque jour à la pointe de Helle face au relief, je prends place, relève ce que je vois. Mais ce que je ressens est bien plus qu'une perception visuelle. C'est un tout, dans lequel la sensation du vent, de l'air, prime. Je dois me faire aveugle. Mer, vent, montagne. Les trois grands éléments. Soupir, murmure, silence. Comment les rendre dans un tableau ? Montrer le silence. Pas le calme, le tranquille. Non : le silence. Celui d'ici. Sec et immense. Total. Le silence d'hiver.

Te souviens-tu de cet homme qui nous avait interpellés alors que nous nous promenions sur un sentier, la première fois que nous sommes venus sur l'archipel ? « Étrangers, il est bien trop facile de venir aux Lofoten en été ! Les paysages sont plaisants, les pentes des montagnes regorgent de fleurs, de myrtilles, qui peuvent suffire à vous nourrir, et, si vous cherchez bien, dans les tourbières vous trouverez les baies jaunes, les plus précieuses au monde. Le temps est certes parfois capricieux, mais jamais réellement mauvais. Et, même partiellement obturé par les nuages, le soleil tourne en ellipse bienveillante au-dessus de vous sans prendre de véritable repos. Le vent ne fait que vous fouetter salutairement les sangs, à vous citadins amollis et craintifs. Mais l'hiver, alors c'est autre chose ! L'hiver est la vraie nature des Lofoten. Il faut un peu plus de courage pour affronter la nuit perpétuelle, les tempêtes ou les ouragans, le froid, l'humidité, le brouillard tenace, la neige en abondance. Il faut, surtout, de la passion pour accéder au spectacle incomparable des aurores boréales, des sommets opalins illuminés par une pleine lune glaciale. Le rare soleil fait étinceler le givre de vos modestes abris par la fenêtre desquels vous contemplez le départ d'une armada de bateaux vikings à l'assaut des bancs de morues... Revenez donc en hiver, étrangers, pour mesurer la beauté de l'Arctique et la sauvagerie de son apothéose ! »

Je dois avouer que j'ai toujours tiré un petit orgueil d'avoir été à la hauteur de ce défi. De n'avoir pas démérité aux yeux des gens d'ici. De n'être pas considérée comme la bonne bourgeoise qui vient se fouetter les sangs, mais plutôt comme une travailleuse, obstinée, qui arpente les étendues récalcitrantes avec son harnachement incommode.

Pour revenir de l'observation du Store Molla à Helle, je passe par le port. J'avance d'un pas aussi rapide que possible, évite les conversations, pour rester concentrée jusqu'à l'atelier où je reprends les études immédiatement, dans la foulée de mes observations de terrain. Mais j'entends malgré tout les voix rugueuses compter le poisson, se disputer son prix, je supporte les bruits stridents des machines, les odeurs s'échappant des fumées de l'usine de guano, je croise les étendoirs à morues... Malgré l'urgence de peindre, je n'aime jamais autant cet endroit que dans l'agitation particulière qui croît au retour de la pêche, en même temps qu'elle amorce déjà son mouvement pour s'atténuer avec le crépuscule précoce. Une agitation contenue.

La nuit approchant, l'anse montagneuse sévère, imposante du Fløyfjellet prend des teintes froides et sombres, du bleu au violet. De la rive qui lui est opposée, je vois les lanternes des dizaines de bateaux de pêche au repos s'allumer une à une. Alors que la clarté du jour recule rapidement, elles forment une guirlande blanche, jaune, orangée, ourlant les pieds du colosse. Se reflétant dans les eaux sombres, bleutées du fjord, elles coupent le paysage de leur bande lumineuse.

De là me parviennent déformés, assourdis, la rumeur des échanges sur le port, le bruit des cales foulées, le cliquetis des chaînes de treuils, les chiffres criés du poisson compté par dix, vingt, cent, jusqu'à mille pour un seul bateau, les quais frappés par les caisses déchargées, jetées aux acheteurs, autant de bruits soudain masqués par le signal du paquebot sur le départ. L'épaisse fumée qui s'échappe de sa cheminée enveloppe celle des dizaines de séchoirs, couverts de harengs déjà boucanés. Au-dessus, partout, des goélands virevoltent en poussant des cris dans la nuit, semblables à ceux de chats-huants.

Je repense aux cygnes du fjord, à leurs cris, qui sont tout autres. Et à leur vol. La manière dont ils passent de cette image idyllique de la grâce, formes tout en courbes, symétrie parfaite de leur reflet sur l'eau, ondoiement charmant du long cou, à cette puissance de l'envol, ailes gigantesques lourdement et bruyamment battues à la surface de l'eau, qui entraînent de force dans les airs le corps lourd, en un vol puissant. Je me sens cygne. Femme-cygne, qui passe des salons de Stockholm, ornée de son coûteux collier de perles, où elle se tient, aussi gracieuse que possible, sur le divan, jambes croisées, conversant avec ses congénères, à la rudesse des paysages du Nordland, en pantalon et fourrures, solitaire, échevelée, brinquebalant son nécessaire de peinture sur les promontoires rocheux avant de patauger dans les tourbières.

Et pourtant, sur la toile, je les cherche, je les traque, la grâce et la légèreté.

J'y suis enfin.

Tout ce pour quoi je me suis imposé ces longues semaines ici, loin de toi, à me maintenir à distance, prend enfin sens dans cette conjonction du blanc et de la lumière. C'est là, et uniquement là, que je peux aboutir, je le sens. Tout fut tellement complexe, ces derniers temps. Or, il n'y a aucune énigme, aucun mystère. Ce paysage est le moins compliqué du monde.

Car il a tant neigé, cette fois, que tout est recouvert : toits des maisons, montagnes, à perte de vue, où que le regard se porte, du blanc épais. Voilà ce qu'est un paysage arctique ! Parfois, un rocher affleure dans ses bruns, un pic hérisse ses dents sombres, nimbé des voluptueuses vapeurs des crêtes. Mais, en tout point du paysage, le moelleux immaculé s'est étendu. Dans le même temps, le jour revient vraiment, lui aussi. La surface opaline de la neige en accueille toutes les couleurs, en reflète toutes les nuances.

Chaque journée est à présent l'étirement paresseux d'un lever de soleil qui se prolonge jusqu'à son coucher. L'aube alliée au crépuscule. Lorsque, à l'atelier, je regarde les cartons faits sur le motif de ces deux derniers jours, je doute parfois de ce qui appartient à l'un ou à l'autre.

Toute sortie est l'occasion d'un véritable déchaînement de couleurs, travaillées par l'atmosphère glaciale, dense, dans la transition entre le jour et la nuit. Lorsqu'on se trouve quelque part près de l'équateur, ces manifestations ne prennent que quelques secondes. Dans les zones tempérées, elles peuvent occuper plusieurs minutes, parfois une demi-heure. Mais ici, elles développent toute leur mouvance spectaculaire des heures durant, tout au long de ce jour étrange qu'on peine à nommer ainsi. Et je ne veux rien rater, je veux en éprouver pleinement chaque instant. À la vérité, je ne vois que cela, du temps. Et les lumières qu'il convoque. Le ciel est clément, ne me forçant que rarement à rester à l'intérieur. Le soleil s'est attardé, visiblement, jour après jour. Son lever s'est peu à peu déplacé vers l'est, son coucher vers l'ouest. J'ai observé son arc qui s'étirait encore infailliblement.

J'ai, surtout, observé le Store Molla sous ses vibrantes oscillations chromatiques. Il n'est pas question de ne fixer qu'un instant, le meilleur, même si on peut repérer chaque jour un point de consécration de ces variations. Lorsque le rose culmine, ou lorsque le bleu et le rouge s'enlacent. Mais je ne cherche pas l'instantané. Je cherche plutôt à rendre la puissance de ces journées magnétiques.

Je travaille avec acharnement, dans une matière épaisse, presque sculptée. Et je voudrais pourtant qu'elle reste légère, presque imperceptible avec le recul. Le rose domine dans le ciel, où il est moucheté de vert. En certains endroits, il vient brouiller ses limites avec les sommets du Store Molla qui, lui, accueille des pointes de bleus. La mer, sombre, demande des gestes appuyés, horizontaux. Leurs traces laissent affleurer des lignes parallèles, pour un effet presque métallique, en contraste avec les autres éléments. La montagne est chargée de virgules rapides, petits traits souples. Lignes, points, traits, la manière même dont j'ai appliqué la peinture dissocie les éléments fondamentaux autant que les teintes. Je ne sais si on le remarquera, mais j'aimerais qu'on le ressente.

Le tableau se découpe donc dans sa grande largeur en trois bandes. À un bout de la chaîne montagneuse, on jurerait que c'est l'aube. À l'autre, le crépuscule. Et pourtant, rien ne les distingue réellement. Ciel, mer, montagne. Les pentes blanches des sommets semblent toutes tournées vers le soleil, en recueillent les rayons dorés. Je veux faire ressentir la charge de l'atmosphère, la matérialité pourtant invisible de ces lumières arctiques. Leur vibrante instabilité.

Je voudrais que le spectateur ait comme moi le sentiment de se fondre dans ce paysage polaire.

Partant de rien, j'ai développé ma peinture à l'intérieur même de ce territoire. Je le façonne sur la toile autant qu'il façonne ma façon de travailler. C'est bien plus qu'un défi, plutôt ma volonté peut-être orgueilleuse de convaincre les critiques suédois. Rien au monde ne me mobilise plus que mon dialogue fécond avec ce territoire tel qu'en lui-même. Les jours où le ciel comme la mer restent plongés dans les ténèbres, seulement traversés par des lueurs fantasques, les jours où un lourd voile de brume enserre terre et mer, les jours qui s'étirent d'une aube dorée jusqu'à un crépuscule chatoyant de reflets ensanglantés, les jours où la blancheur absolue de la neige recouvre jusqu'au ciel...

Me voici postée à la fenêtre sud-ouest. J'ai rangé l'atelier, secoué le tapis, rentré des provisions, du bois en petits tas bien ordonnés. Mon matériel de peinture est entreposé sur les étagères, seules les toiles peintes sont encore sorties. Mais je n'y touche plus, j'approche ma joue de la vitre glacée. Bouche entrouverte, mon haleine forme une buée. Mes yeux se noient dans le lointain. J'ai beau rester là des heures entières, je ne regarde rien. Peut-être devrais-je ainsi me définir, plutôt que par le pompeux terme d'artiste. Un être qui regarde. Point. Ou alors ajouter : au-dehors, le dehors.

Je pense aux illustrations de l'ami Carl Larsson. Aux peintures de Vilhelm Hammershøi. Tant de femmes s'y trouvent près de la fenêtre, pâles visages dans la lumière crue du dehors. Semblant surtout regarder en elles-mêmes. Beau sujet. J'en connais la face cachée. Du moins celle des tableaux de Larsson. Sa femme Karin lui a tout donné, jusqu'à ses créations qui constituaient le décor de ses tableaux. Contrairement à moi, Karin avait bénéficié d'un enseignement artistique. Elle était douée, libre. Et puis elle a rencontré Carl. Sont venus un, puis deux, puis huit enfants. Elle a, dès lors, abandonné sa création.

J'ai souvent pensé que nous avions eu un destin inversé, elle et moi, alors même qu'on nous a beaucoup comparées, pour notre rôle actif auprès de nos maris créateurs. Découvrir les Lofoten et, il faut que je l'admette, ne pas avoir d'enfants m'ont permis de m'engager dans une création personnelle. Et radicale, si j'en juge par la campagne que je viens d'achever.

Je ne sais pas si j'attends, si les femmes attendent, en général. Elles se postent là, entre passé et futur, entre soi et l'autre, ou les autres, compagnie étrangère... Je quitte paisiblement ma propre solitude, et l'énergie qu'elle a supposée. Je me rends disponible à nos retrouvailles. À la vérité, c'est toi qui m'as attendue, ou plutôt qui as attendu de me rejoindre, que je t'en donne le signal, ou la permission.

Le Store Molla repose sur le chevalet. Trône sur le chevalet. Sentiment stupide d'une mission achevée. Je le laisse là pour que tu le voies à ton arrivée, car moi, je m'en détourne déjà. Comme je te l'annonçais, j'ai la conviction que c'est l'une des pièces les plus importantes que j'ai réalisées ici. C'était mon défi, cette toile qui se veut impressionnante, qui entend aller au-delà de la représentation, au-delà du paysage. Et pourtant, depuis que j'ai la sensation d'avoir réussi, la toile ne m'intéresse plus tant que cela. La victoire ne se savoure pas si longuement.

C'est ainsi que ma longue campagne de peinture s'achève. J'ai envie d'autre chose, vite. Qui passe par ta présence, par notre solitude à deux, avant le retour au monde.

Ton globe terrestre est arrivé hier, te devançant comme toujours. Et ta lettre qui contient cette phrase : « J'aimerais jeter un œil au glacier qui se noie dans la mer, non loin de Hammerfest. » Combien elle concentre d'intensité des retrouvailles et incarne ce qui fait l'essence même de notre vie commune, cette recherche permanente du mouvement, de l'ailleurs, cette quête de découvertes. J'ai hâte que nous penchions nos deux têtes au-dessus des cartes et que nous projetions le moyen le plus aventureux possible de rejoindre les abords de la banquise arctique. Décider où nous camperons, quels chemins nous emprunterons, comment nous pourrons embarquer pour approcher au plus près des icebergs — là-bas, les glaciers monumentaux font, paraît-il, un bruit insensé. Imaginer que pour fêter notre arrivée dans la ville la plus septentrionale du monde, nous trouverons bien à boire une coupe de champagne, fût-ce en matinée. Car nous savons que, sous le soleil maintenu du printemps arctique, il n'y a pas d'heure pour trinquer.

J'ai déjà vérifié notre matériel de camping. Aéré la tente et les sacs de couchage, prisonniers de leurs housses depuis trop longtemps. Et puis, j'ai prévenu les pêcheurs que tu arrivais bientôt, leur ai demandé s'ils pouvaient nous trouver des langoustines sauvages. Elles ne devraient d'ailleurs pas porter le même nom que les petites bestioles malingres et fades que servent pompeusement les brasseries parisiennes. J'ai pu me procurer des pommes de terre bien conservées, presque encore fraîches de l'été dernier. Fondantes, avec ce petit goût de noisette qui sera parfaitement en accord avec les crustacés. J'ai faim de nouveau après toutes ces semaines durant lesquelles la nourriture n'a eu qu'une fonction vitale, était presque une entrave à la continuité de mon travail.

Toujours postée à la fenêtre, je dois admettre qu'aujourd'hui, je suis bien cette femme qui est dans l'attente de son mari. Et je peux m'abandonner sans réserve à cette posture, car j'ai derrière moi des semaines d'un travail qui n'a concerné que moi. Et qui a trouvé son issue, satisfaisante.

Je considère l'intérieur bien propret que j'ai arrangé avec l'impression de le redécouvrir. Le plancher passé au savon noir exhale son odeur un peu âcre. Pendant des semaines, il fut le siège d'un désordre constant où restes de repas, matériel de peinture et vêtements sales se superposaient dans des enlacements contre-nature. Maintenant que tout a retrouvé sa place attitrée, la cabane est rendue à notre usage conjugal. Ta casquette, tes rasoirs, tes bottes semblent réapparaître à l'approche de ta venue. Ils existent enfin dans ce qui a été jusqu'ici la caverne d'une ourse polaire. Odeur comprise. Je les observe un à un, ces objets qui sont les nôtres, dans cet intérieur simple que nous avons façonné ensemble, que nous occupons avec quiétude. Tout ce qui n'avait plus, depuis des semaines, le moindre intérêt semble à présent rayonner, vibrer. Nos meubles, notre vaisselle, nos tissus. Notre lit et son édredon, dans lequel tu vas te glisser de nouveau près de moi.

Mon regard retourne au-dehors, aux étendues neigeuses sous le soleil émergeant.

Je me demande tout de même de quels bleus — et verts — sont faits les glaciers. Et comment je pourrais les rendre sur la toile.

Note de l'autrice

Le tableau d'Anna Boberg *Fjäll. Studie från Nordlandet* (date inconnue), qui représente le massif du Store Molla, appartient aujourd'hui aux collections du Musée national de Stockholm, qui l'expose régulièrement, comme en juillet 2021, au musée d'Art moderne, où il déclencha l'écriture de ce récit, librement inspiré de l'autobiographie de l'artiste, *Envar sitt ödes lekboll* (Norstedts, Stockholm, 1934), ainsi que de la biographie qu'Yvonne Gröning lui a consacrée, *Fru Bob* (Gidlunds förlag, Möklinta, 2009).

Conception graphique : Philippe Apeloig.
Composition : Utibi.

Imprimé par Grafica Veneta à Trebaseleghe (Pd).
Dépôt légal : janvier 2024.
Imprimé en Italie.

ISBN : 978-2-207-18029-7.

619928